中国当代文学名家精品集

U0579468

飞鸟

吴佳骏 著

成都地图出版社
CHENGDU DITU CHUBANSHE

图书在版编目（CIP）数据

飞鸟 / 吴佳骏著 . -- 成都：成都地图出版社有限公司，2025. 5. --（中国当代文学名家精品集）.
ISBN 978-7-5557-2779-8

Ⅰ. I267

中国国家版本馆 CIP 数据核字第 2025LK8557 号

中国当代文学名家精品集：飞鸟
ZHONGGUO DANGDAI WENXUE MINGJIA JINGPIN JI: FEINIAO

著　　者：吴佳骏
责任编辑：沈　蓉
封面设计：李　超

出版发行：成都地图出版社有限公司
地　　址：四川省成都市龙泉驿区建设路 2 号
邮政编码：610100

印　　刷：三河市人民印务有限公司
（如发现印装质量问题，影响阅读，请与印刷厂商联系调换）

开　　本：710mm×1000mm　1/16
印　　张：13　　　　　　　字　　数：200 千字
版　　次：2025 年 5 月第 1 版
印　　次：2025 年 5 月第 1 次印刷
书　　号：ISBN 978-7-5557-2779-8

定　　价：68.00 元

出版说明

2023 年春，教育部等八部门印发《全国青少年学生读书行动实施方案》。随后，122 家国家语言文字推广基地共同发出"典耀中华"主题读书行动倡议。一些具有文化情怀的出版社和文化公司，立即响应，策划各种适合青少年阅读的图书，《中国当代文学名家精品集》书系应运而生。

《中国当代文学名家精品集》书系由北京世图文轩文化发展有限公司（下称"世图文轩"）策划，由成都地图出版社出版。我非常荣幸地受邀担任主编。

世图文轩成立于 2010 年，系北京市内乃至全国较有影响力的图书发行公司之一，曾获得"重合同守信用企业""诚信经营示范单位"等荣誉称号。长期以来，世图文轩和众多出版社就优质图书出版进行合作，获得了合作伙伴的一致好评。在"典耀中华"主题读书行动中，他们敏锐地抓住机遇，迅速策划主要以初、高中生为读者对象的大型书系选题，显现出他们的眼光、魄力与胸怀，以及对于文化市场的拓展理想。我相信，这样一家致力于图书策划、出版的公司，其品牌信誉是毋庸置疑的。

为成长中的青少年读者集中呈现名家优秀作品，是一件虽然困难，却功在当代、利在未来的大好事，我能参与其中，与有荣焉。我必须以一种高度的使命感、责任感以及担当精神来做好这个书系，成就这件大好事。

令人特别感动的是，刚开始组稿时，刘成章、王宗仁、陈慧瑛、韩小蕙、王剑冰、李青松、沈念等老师就对这个书系表现出极大的支持和信任，并在第一时间提供了书稿以示鼓励。很快，几乎所有得知此书系的作家都认为这是在为作家、为"典耀中华"主题读书行动做一件好事、大事。由此，我和我的临时编辑室成员获得了极大的信心，热情也更加高涨，此后连续十个月，我们整个身心都扑在了这件事上。

一个人只要用心做事，人们是会感受到的，也会默默地予以支持。事实上也是如此。随着组稿工作的开展，我们和作家们的沟通日益频繁，我们发现，他们除了都表现出对这个书系的兴趣与认可，对当代散文创作的发展、繁荣的前景，还有一种共同的期待与信心。这对我们无疑是一种更为巨大的鼓舞与动力。

组稿虽然也费了不少周折，但总体上比想象中顺利得多。当然，非常遗憾的是，一部分作者由于手头书稿版权等原因，未能加盟到这个书系。

组稿只是我们工作的一部分，更为具体、更为烦琐的，是审稿事务，它出乎意料的繁重，也占据了我们比预想的多得多的时间和精力。偶尔，我们也有点儿想放弃了，但是，想着这是一件功德无量的事，又兀自笑笑，继续埋头苦干。在这个过程中，感谢师友们对我们工作的配合、理解、支持与信任。

静下心来，切实感受审读、编辑工作的价值和意义。

书系里，名家荟萃，佳作如林。有的，曾代表过一种新的创作范式；有的，曾开启过一种创作方向；有的，对某一题材开掘出更深更独特的思想；有的，有引领某类题材与风格的新面貌；等等。毫不夸张地说，散文多角度多样式的表达，在这个书系里应有尽有，全景式、全方位地呈现出中国散文几十年的创作成果，是当代散文创作的一个缩影。

总体上，无论是题材、创作方法，还是思想容量，此书系都呈现了散文广阔的视野，让我们感受到散文天地的无垠无际。

具体来说，以下几个特点特别明显：

一、作者队伍可谓老中青完美结合。入选作者的年龄跨度最大达半个多世纪，上有鲐背之年的高龄名将，他们文学生命之树长青，宝刀不老，象征着老一辈散文家依然苍翠的文学生命力；最年轻的三十出头，他们雏凤声高，彰显散文创作的新生力量蓬勃兴旺的景象；一大批中壮年作家，是当代散文创作领域里当之无愧的中坚基石，他们的创作正处于繁花似锦的鼎盛时期，实力毕现。

二、题材多元多样，内容丰富多彩。书系中，既有涉及上下五千年历史的洒脱智慧的历史文化散文，又有让人惊艳的初次涉猎的新颖、独特题材。有人写亲情，有人写风景。有些人写自己的童年，让我们看到其成长时代；有些人写一个城市或一条河流的前世今生；有些人写自己对故乡的记忆，从更有新意的视角表现这个时代的巨变；有些人集中了自己几十年的写作精品，让我们看到他们的创作道路上的足迹；有些人专注于一个主题，开掘深挖，独具魅力；有些人关注时代、关注身边的人和事；有些人剖析自己的内心情感……总之，反映中华传统文化、红色文化和当代自然文学精粹的作品，在此书系里比比皆是，或温暖动人，或鼓舞人心。

三、风格百花齐放，个性特点鲜明。几十部作品，有的侧重写实，有的侧重抒情，有的注重开掘思想，有的追求内容唯美，有的描写细致入微，有的叙述天马行空……表现方式千姿百态。但无论哪种风格，无论如何表达，皆个性鲜明，情感饱满，呈现出思想性、艺术性、可读性兼备的特质，读者可以从中获得不同程度的启发，感受到散文的魅力。

四、女性作者跳出了人们对"女性散文"固有的观念。书系中占有一定比例的女性作者，她们的作品虽然仍保留细腻敏感的特色，但大都呈现出大气开阔、通透有力的格局。她们温柔而现代的行文表达，对读者来说有着更为别致的情感体验和人生借鉴意义。

总之，这个书系，将是我们打造阅读品牌的开端。如果你愿意静下心来阅读，你一定会有所收获。

习近平总书记在文艺工作座谈会上讲话时指出："优秀文艺作品反映着一个国家、一个民族的文化创造能力和水平。吸引、引导、启迪人们必须有好的作品，推动中华文化走出去也必须有好的作品。"我们希望，这个书系能成为读者眼里"正能量、有感染力，能够温润心灵、启迪心智，传得开、留得下，为人民群众所喜爱"的"优秀作品"。

在此，特别感谢沈俊峰、陈晨两位搭档的通力协作，我的编辑朋友梁芳、胡玉枝的倾力相助，以及世图文轩、成都地图出版社上上下下推进此书系出版的所有领导与师友的大力支持和耐心细致的工作。他们让我感受到了团队的力量。同时，也特别感谢出版方将我和我的搭档的作品纳入此书系，我们把此举视为对我们的"嘉奖"。

上述文字，不敢称"序"，不敢称"前言"，甚至不敢称"出版说明"，仅表达此书系的缘起和一些组稿、审读的感受，也许过于肤浅，还望广大作者、读者海涵。

《中国当代文学名家精品集》主编

目录

第一辑　童年镜像

飞 鸟

鸟是村庄的精灵，它们成群结队从天空飞过。没事的时候，我喜欢躺在野地里的狗尾巴草丛中，仰面看鸟们翱翔的身姿。鸟儿在空中翻转的姿态是迷人的，像极了一群舞蹈演员，身上穿着漂亮多彩的衣裳。我跷起二郎腿，嘴里叼着一根狗尾巴草，静静地观看鸟儿们在天幕上展翅飞翔，团团云朵随风飘移，衬托得飞鸟们愈加天真、灵动。有时，它们还会一边舞蹈一边唱歌，歌声从高空飘下来，宛如天籁。

我是飞鸟们演出时唯一的观众，它们或许也把我认熟了。为报答我对它们的尊重，它们每次飞过，都会尽量变换身姿，把每个飞翔的动作做完美。甚至，还会来几个高难度的翻转特技。我能感受到，鸟儿们在表演时，内心是充满喜悦的。它们每年都会来到我们村庄，却很少有人去注意它们。村子里的人都在忙着春种秋收，没有闲暇也没有心情去关心鸟类的事情。像我父母这样的农人，就更没有时间去关注一只鸟了。一年中，他们除了用一半以上的时间来耕耘外，还必须余下一小半时间来疗伤。否则，他们是没法平安地度过冬天的。

德青叔可能是村子里第二个对鸟感兴趣的人，不管农忙农闲，早晚都能看到他在村子里转悠。他头上戴一顶黄军帽，腰间挂一个布袋，肩上扛一把猎枪，打着赤脚从这个坡走到那个坡，从这片竹林走到那片树林，像一个民兵。他只要一见到鸟，就会把帽檐拉向脑后，端起猎枪瞄准，朝着目标扣动扳机。每一次枪响，都有几只鸟中弹身亡，都有更多的鸟侥幸生还。德青叔瞅瞅冒烟的枪管，重新将帽檐拉正，走到林子里捡起血淋淋的鸟雀，兴高采烈地吹着口哨回家。那模样，酷似一个凯旋的士兵。

鸟是异常聪明的动物，它们天天蹲在高处，看透了人间冷暖、世态炎凉，尤其像对德青叔这样的人，更是认识深刻。它们仿佛能嗅出人的气味一样，只要德青叔一靠近某片林子，刚才还聒噪不休的鸟儿全都噤声；或者在德青叔还没走近时，早已逃之夭夭。有一天黄昏，我在村头的一片竹林边闲逛，正巧碰见德青叔出来找鸟。那时，有几只鸟雀在竹林里上蹿下跳。我很害怕它们成为德青叔的猎物，眼看德青叔朝竹林走来，我故意大吼一声。鸟雀听见我的吼声，顿感情况不妙，迅速四散逃去。德青叔眼疾手快，举起猎枪朝腾空而起的鸟雀开火。或许是心慌的缘故，猎枪的撞针没有撞响。一束火花伴随一股黑烟，直接把德青叔的黄军帽冲飞，像是从一株老疙瘩树上掉下的一片烂树叶。我站在德青叔对面，见他满脸黢黑，笑得合不拢嘴。德青叔气急败坏地指着我的鼻子骂："兔崽子，尽坏老子的好事。"骂完，他捡起地上的帽子，灰溜溜地转身走了。

那天黄昏，我被德青叔骂了，但我却非常开心。这种开心，跟我看到父亲从床上爬起来刮锄头上的泥巴时还不一样。我至今都不知道，我那天的开心，到底是因为那些逃掉的鸟雀，还是别的什么。

我不得不说说另一只鸟，它在我记忆里叫了许多年，以至我现在只要一闭上眼睛，它就会跑出来跟我说话，像一个跟你从小穿衩衩裤长大的朋友，不论你是忧愁或欣悦，遇到晴天或雨天，他都陪伴在你左右，不离不弃。

这只鸟，就在我卧房的窗外。我清楚地记得，窗外是一个土坎，土坎上生长着一蓬观音竹。鸟就将巢筑在竹枝间。每天清晨，我几乎都是被鸟叫声吵醒的，很准时。它像是一个监督我早起学习的监工，我的人生全在它的见证下成长。说也奇怪，从它第一次催我起床开始，我就能听懂它的语言。它所说的话，全然是一个母亲对自己孩子的谆谆告诫，跟我母亲对我说的话大差不差。虽然，它每天说的话都是重复的，但它就是不厌其烦。傍晚放学回家后，我又听见它在窗外叽叽喳喳，像在总结一天的生活。

有好几次，我趁周末跑到窗外想看看这只从未谋面的鸟，但均未如愿，它早在我去之前就出去觅食了。只留下一窝幼鸟，探出嫩黄的头四处张望。我蹲在土坎上，守候鸟雀回来。直到太阳都走到院墙上了，也不见鸟雀的影子。我只好退回房间，刚一进屋，就又听见它那熟悉的叫声。我再次跑出去，仍只看见一窝张大着嘴巴的幼鸟。后来，我再也不去看它了。我知道它在躲避我，就像我在躲避我自己一样。

再后来，在鸟妈妈的陪护下，那窝幼鸟已经能自己觅食了。它们终于不用每天重复听母亲的唠叨，于一个早晨集体飞走了，再也没有回来。但那只鸟妈妈依然守着一个旧巢，天天在窗外鸣叫。

我听得出，那叫声，不是在呼唤游子归家，而是寄予了深深的祝福。

局 外 人

　　村子里有个老人，他跟飞鸟一样，蹲在村庄的高处或低处，默默地观察着每一户人家。他每天啥事都不干，背着双手，东游西荡，从村东走到村西，从村前走到村后，像个游魂。遇到熟人跟他打招呼，他也只是"嗯"几声，然后侧身而过，向着时间深处走去。

　　我每天上学或放学，都能在路上看到他的身影。他仿佛是故意来监视我的，搞得我很不自在。在父亲卧床那段时间，我放学后不愿回家，便爬到村头的那棵黄葛树上，把书拿出来，一页一页地撕下，折成纸飞机。那些五颜六色的纸飞机，载着我的梦想，四处乱飞。一天，我照旧爬上树，准备折纸飞机，却发现书包里已无书可撕。能撕的书页，几乎都被我撕光了，只剩下几篇老师还没教的新课文。我正一筹莫展，却突然被升腾而起的一阵烟雾呛得眼泪直流。我朝树下一看，原来是那个老人正坐在树底下抽叶子烟。长长的烟杆像一把枪，枪头正瞄准我。我从树上跳下，想跑。老人一把抓住我，在石头上磕掉烟锅里的烟叶。我用力挣扎，他却用烟锅钩住我的书包背带。俄顷，他见我逐渐冷静下来，才松开手，从屁股底下摸出一叠纸递给我。我接过来一看，正是我撕掉的书页。老人已按照科目和页码，用针线分别将其缝合好，上面被折过的叠痕清晰可见。他把带着线头的书还给我后，重新装上一锅烟叶点燃，一边抽一边转身走了。袅袅烟雾模糊了我的视线。后来，我就再也没有撕过书了。

在我的记忆里，老人一直独自生活。他住的是茅草房，墙壁和门都是用竹木编的。他家的灶房也不经常冒烟，偶尔见有烟雾飘出，很快就被风刮散了。但老人好像从不为自己的生活担忧，他基本不干农活，只在房屋周围挖块土地种点蔬菜，或一点小葱和蒜苗，却照样有吃有喝。逢年过节，村里有人给他送去米和肉，他一律谢绝。久而久之，也就再没人给他送东西了。

说也奇怪，就是这个生活俭朴、性格怪异的老人，却受到了全村人的尊重。无论谁家有大事小事，都会前去征求他的意见，请其帮忙拿个主意。老人对村中每户人家的事都很上心。村里的德华夫妇得罪了人，一天，他们的父亲去世了，竟没有一个人愿意去帮忙。德华夫妇挨家挨户磕头作揖，还是没人理。眼见父亲下葬的时辰到了，却找不到人抬棺出殡。德华夫妇急得眼泪花花儿转。这时，老人带着村里另外四个男人来了。在老人的安排下，德华夫妇心里悬着的石头总算落了地。等葬礼完毕，老人便领着四个男人走了，没喝德华夫妇一口水，也没抽德华夫妇一支烟。

我至今都不知道这个老人叫什么名字，大家都喊他"老李头"。他圆脸，头发斑白，犹如干枯的松针，眉宇间藏着一股杀气。但他笑起来又很慈祥，给人亲近感。

他活在村中，却是村中的局外人。

那一刻见到世界

　　时间的齿轮倒转到三十几年前那个初春的黄昏，乳白色的薄雾笼罩着一个名叫大石村的古老村庄。村庄上空，有几只黄雀在来回盘旋，翅膀闪着鲜亮的光。村边的青石小路上，一队蚂蚁正在朝巢穴里搬运几粒干瘪的谷粒。谷粒是从路旁的稻草堆上偷来的，故它们搬得小心翼翼、畏畏缩缩。

　　可蚂蚁们怎么也没想到，就在它们为这收获而惊喜时，一场毁灭性的灾难从天而降——一个身穿蓝花布衣裳，手里提着藤篮，脚上穿双黄胶鞋的大婶匆忙走过。或许是赶时间，她来不及看脚下的路，脚步起落之间，抬着谷粒的蚂蚁瞬间变成肉泥。其他蚁队方寸大乱，四下逃散而去。那惊慌失措的模样，就像一群野兔遇到了一头雄狮。

　　多年以后，我才从母亲口中得知那位赶路的大婶姓谢，是当年镇上远近闻名的"接生婆"。那个黄昏，她听到了我母亲的呼喊，正要赶去为躺在木床上临产的母亲接生。

　　据母亲后来回忆，当谢大婶赶到时，她已经在床上痛得晕了过去。对于整个接生的过程，她脑子里一片空白，像那个黄昏的薄雾一样，只剩下一团混沌。她以失忆的方式躲开了生育的疼痛。

　　谢大婶说，她赶到我们家的瓦屋时，我父亲正躬身在灶房里烧水。父亲看见她，表情煞是冷漠，额头上的汗珠不断朝地上滚落。他往灶门里添柴的手有些颤抖，干柴燃起的火焰映着他那苍青色的脸，看上去毫无血色。他添一块柴，总要抬头朝锅里瞅瞅，白花花的水汽迷蒙了他的眼睛。谢大婶还说，那天，父亲的眼神里流露出一种比母亲的目光还要暗淡得多的东西。

那一刻，当家里所有人都在以各种方式准备迎接我的出生时，我却藏在母亲的子宫里，不想急于来到这个陌生的人世。或许，我已经习惯了母亲体内的温度，那种毛茸茸、软绵绵、轻盈盈的感觉。我怕自己一旦来到这个世上，那种感觉就消失了，像太阳出来时窗玻璃上消失的霜花。即使你用一辈子的时光去追寻，也徒劳无益，枉费心机。可恰是我的这种贪恋想法，却害苦了我的母亲。从那个冰寒的黄昏到第二天黎明，我都蜷缩在母亲的子宫里，迟迟不肯露脸。在那个漫长的黑夜，我似乎听到母亲昏迷中细弱的呼吸，又似乎听到她在跟我说："孩子，属于你的路终究得你自己去走。"

父亲说，那个夜晚，他彻夜难眠。那个夜晚，比他的一生还要漫长。他一直守在母亲身边，用热毛巾替她擦汗。锅里的水冷了，他又重新点火烧热。不厌其烦，周而复始，那是他这辈子做得最认真的一件事。后半夜下起了暴雨。噼噼啪啪的雨水顺着瓦沟流向地面，院坝里顿时水泽一片。一只蟾蜍从草丛里爬出来，蹲在院坝里淋雨，像是上天专门派来守候夜晚秘密的灵物。不知道母亲听见这场雨声没有，她在静静地守候着另一个生命的诞生。

暴雨终究是会过去的，天空总有放晴的时候。第二天上午十点多钟，在母亲子宫里待了几百个昼夜的我，到底还是露出了头。我似乎听见谢大婶欣喜而又焦急地在喊："用劲儿，用劲儿，就差一点，差一点了。"父亲在旁边喘粗气，慌忙中踢翻了地上的洗脸盆。时钟"嘀答嘀答"地转动着，当指针指向十点二十五分三十五秒时，我发出了人生第一声啼哭。谢大婶身手敏捷地拿起她那把大大的铁剪刀，在煤油灯跳动的火焰上晃了晃，朝脐带上"咔嚓"一剪，我便正式脱离了母体，走向了人间。霎时，母亲凹陷的眼眶里，两颗晶莹的泪珠儿夺眶而出。

那一天，是1982年农历正月初四，人们还沉浸在春节那没有烟花的冷寂的欢乐中。

春暖花未开

　　空气中的潮湿和霉味散去了，阳光像被清水洗过一般，明晃晃地照耀着大地。几场夜雨过后，村前村后的树木发出嫩绿的幼芽。人从树下走过，仿佛能听见树抽芽时发出的脆响。蚯蚓在拱动黏软的土壤，似无数潜伏已久的战士，正把握时机迎接来之不易的光明；蜜蜂则像一群受压抑的囚徒，在四处寻找那些娇羞艳丽的花朵；唯有蝴蝶自恃清高，不与这些城府太深的动物同流合污，它们身着彩衣，在暖风中翩翩起舞，像春天派出的使者，不断向人间输送福音。

　　正当自然界在举行这场声势浩大的迎新仪式时，大石村一户普通的农户家里，一场亲情之间的战争正在悄悄酝酿，随时有爆发的可能。

　　母亲头上包着一块水红色帕子，倚在院坝边的一棵老橘子树上，她产后的身子明显还很虚弱。苍白的脸上，并未因阳光的照射而显出丝毫的红润色泽来。她双手紧紧地搂着我，撩起左边的衣裳，把我稚嫩的嘴唇强行朝她那干瘪的乳房上摁。我或许是被她的举动弄疼了，哭声像一根又一根的绣花针到处乱飞，把那些飞舞的蜜蜂和蝴蝶刺得骇觫不安。母亲发火了，她把我高高地托举起，骂道："再哭，我就把你扔到水田里去。"我哭得更凶了，似初生牛犊欲挣脱鼻孔上的绳索般。母亲高举的手慢慢放了下来，把我搂得更紧了，像搂着一样失而复得的小东西。此时此刻，她内心深处堆积起来的屈辱和悲伤汇聚成泪水，像决堤的大海汹涌而出。阳光突然暗了下去，院墙上父亲栽种的两盆迎春花拂来拂去，像村子里喝醉酒的男人，摇头晃脑地扶着墙壁赶路。

父亲没有理会母亲的悲痛，他像是一个孤军司令，高擎作为一个丈夫和父亲的道义之纛，与我们家中的绝对权威者——爷爷背水一战。我那性格泼辣的奶奶和两个待字闺中的姑姑，自然是爷爷权威的忠实维护者。而我则是挑起这场战争的罪魁祸首——我的出生给这个食不果腹的家庭增添了麻烦。饥饿笼罩在每个人头顶。姑姑们每天暗中跟母亲作对，指桑骂槐，甚至在饭桌上抢夺母亲手里的饭碗。母亲试图反抗，可每次都遭到爷爷奶奶的阻止。母亲奶水的不足自然殃及我——一张小脸像一团被揉皱的白纸，四肢枯瘦如柴。父亲卑躬屈膝，不知从何处搞来一袋燕麦。将其放在铁锅里炒熟，再用石磨碾碎去麸后，倒开水冲调成糊状，加入一小勺白糖喂我，以使我活命。爷爷指责父亲的做法纯粹是暴殄天物。父母迫于无奈，只好偷偷地给我喂食。那时候，我脆弱的生命就这么在夹缝中孤零零地悬着。

父亲决定跟爷爷撕破脸皮，是缘于我生的一场病。或许是吃进肚子里的燕麦糊使我肠胃不适，我出现了腹泻，并伴有 40 ℃高烧。母亲吓得六神无主，父亲请求爷爷资助几块钱，欲抱我去镇上的医院看病，却被爷爷断然拒绝了。父亲血红着眼，像一头被激怒的牛，狂骂爷爷是"王八蛋"，还扬言要与爷爷断绝父子关系。爷爷毫不示弱，率领姑姑一干人等，与我父母吵骂，还不惜大打出手。在这场实力悬殊的较量中，父亲明显寡不敌众。当天下午，父母就被爷爷踢出了家门——开始分家单过。

一对结发夫妻，在二十世纪八十年代初的一个早春，却意外地迎来了人生中的第一次寒流。这股寒流像一道符咒，一直左右着他们未来的生活。

那时，我还是个不会说话的孩子，睁大了惊恐的眼睛。

带花纹的蛇

乡村的夜晚充斥着某种神秘的恐怖气息，大概九点钟不到，整个村庄便透出死一般的寂静。各家各户的柴门早早地掩上了，男男女女、老老少少统统蜷缩进被窝，舒缓一天劳动所带来的疲劳。不一会儿，屋内鼾声四起，从村头响至村尾，与墙缝里蟋蟀的叫声同时演奏，像钢琴的高音和低音部分。睡在屋檐下柴草堆上的狗是这首小夜曲的忠实听众，它们自打来到主人家那天起，就在这首曲子的熏陶下长大。以至于它们在面对一个陌生人"汪汪汪"地吠叫时，声音都带着节奏感———一种暗藏杀机的韵律。

我们家或许是在那些漫长的黑夜里唯一亮着灯光的屋子。爷爷只分给父母一间由粮仓改造的卧室，里面潮湿而狭窄。霉味在空气里弥漫，使人难以入眠。床是父亲搬来石头自己垒的，边沿搭了四根木棒，中间放上几根横条和一张竹篾，竹篾上再铺上一层厚厚的稻草。稻草是经过霜的，有一种成熟的气息。人躺在上面，感觉像躺在稻田里。稻子跟人一样，也有属于它自身的命运。它在黄金时期被锋利的镰刀割倒，却偷偷地把痛藏在体内，再伺机把这种刻骨铭心的痛渗透到割它的人的血肉里，像一个冤魂终于附上了仇恨者的身体。

母亲大概是窥破了稻草的阴谋，她决心不让这一阴谋得逞。她坐在床上，身子侧靠墙壁，紧紧地抱着我。我熟睡时的脸蛋像一个青涩的南瓜，挂在母亲由两条手臂交叉缠绕而成的枯藤上。时间的针脚不停地向着午夜和黎明挪动，床头猩红色的木桌上燃着的煤油灯时明时暗，给母亲原本清癯的脸蒙上了一层蜡黄。

父亲更是阻止这场阴谋得逞的卫士，他整夜坐在屋中的一张矮凳上（窄窄的床已经容不下他），肩上披一件褪了色的棉大衣。大衣的左侧前胸位置破了两个洞，雪白的棉花探出头来四处张望，仿佛惧怕这黑夜似的。每隔一段时间，父亲会起身观察一下我和母亲，把一床薄薄的被子搭在我们身上，然后安心地坐下，继续他的守卫。后半夜，气温越来越低，湿气也比上半夜重了许多。父亲坐着坐着，身子开始瑟瑟发抖。他把两只手交叉插进棉大衣的袖口里，眼睛闭得紧紧的，像一个打坐的和尚。可他没有经可念，只能祈祷，祈祷这该死的长夜快快过去，就像祈祷母亲怀中的我快快长大一样。可事物发展的过程总是缓慢的，从黑夜到天明这段时间，父亲摔倒过好几次。若干年后，我才发觉，我是在父亲无数次跌倒爬起和爬起跌倒的陪伴下长大的。

有天深夜，在我们集体抵抗稻草阴谋的过程中，另一个更为凶险的阴谋正在悄悄地向我们逼近。它潜伏在我们的床下面，像个隐形的敌人。那时，我还在母亲的保护下做着人生最初的梦——我梦见母亲坐在院坝里的橘子树下，望着树上一个个红彤彤的橘子泪流满面。我拿手绢使劲儿替她擦泪，却怎么也擦不干。后来，那些熟透的橘子被一阵狂风吹落，滚得满地都是……当我的梦境仍在继续的时候，惊醒的母亲听到床下发出窸窸窣窣的响声，尖细、有力，仿佛要将整个床都啃噬掉。母亲深感情况不妙，慌忙叫醒打盹的父亲掌灯察看。父亲迅速做出反应，俯下身子朝床底下一瞅——一条又长又肥的菜花蛇正缠在床的木棒上奋力往上爬。父亲大吼一声，一把将母亲和我拽下地，顺手从门背后操起一把铲子，朝蛇头猛击。那条带花纹的蛇几番挣扎，终于毙命。

母亲抱着我站在屋子中间战战兢兢，再也不敢回到床上去。她叮嘱父亲，等天亮把蛇弄出去埋掉。可父亲没有听从母亲的嘱咐，当天夜里，他就将蛇剥了皮，挖胆掏肺，炖了一锅雪白的蛇肉汤。

多年后，据父亲说，他背着母亲，将那锅蛇肉汤全部喂了我。父亲还说，多亏那锅汤，使我熬过了人生最初的饥饿。

半罐子猪油

　　我记忆深处一直埋藏着一个瓦罐，褐灰的釉色表面沾满了尘土，罐口用一张胶纸密封住，罐颈处被一根纤细的红毛线缠了又缠。母亲将这个土制的瓦罐视若珍宝，搁在靠墙壁的一张红木衣柜上。罐子里装的是一小半罐猪油。那时候，我们尚在建设新家，家里是没有条件养猪的。因之，这半罐猪油的来历便成了一个谜。父亲也不知道它是怎么来的，只说有一天他外出翻红苕，傍晚回家时，屋里就多出这么个罐子来。问母亲，母亲缄口不语，只凝视着那个小小的罐子沉默半响，然后，抬起手抹眼泪。母亲的眼泪像罐子里还未凝固的猪油一样透明。

　　对人的身体而言，营养的匮乏无疑是最沉重的打击。那个时候，父亲和母亲的脸上皆没有一点血色，嘴唇也是乌紫的，像刚跑到野外偷吃过桑葚的孩子的嘴巴。母亲老喊头晕，双眼发花，连路都走不稳。有一次，她抱着我在屋后的青石路上散步晒太阳，忽然，她两眼一黑，栽倒在路旁的菜地里。我被摔得哇哇大哭，还磕破了额头，鲜红的血滴像路边的野花一样醒目。好在母亲在摔倒的刹那意识是清醒的，她一心想到要保护我，便死死地将我贴在她的胸口，这样做的结果只是使我的额头挂了彩。而母亲那天的伤势比我严重十倍，她的膝盖和背部都受了重创，淤血像胎记一样刻在她的肉体上。但母亲并未叫痛，尽管眼泪花花儿在她的眼眶里转了又转。她紧咬着牙，像一只惊吓过度的兔子赶紧掏出手绢替我揾干血迹。她的手颤抖得厉害，自责的话像经文一样从她的嘴里发出。那可能是我在人间听到的第一首大悲咒。

那天过后，母亲再也不敢把我抱出门太远，只在院子里活动。父亲虽然心疼我，但他并未对母亲造成的过失大加指责。每天的农活早已将他累得半死。其实，父亲的身体并不比母亲的好。他老感觉四肢乏力，并伴有耳鸣现象。他经常跟邻居开玩笑说，自己的耳朵成了蜂箱。成百上千的蜂子在里面打架、撕扯，争夺地盘。德全叔曾亲眼看见父亲挑一担粪去地里浇菜，刚一到菜地，他两腿一软，粪桶滚翻在地，粪水溅了他一身。

也许是出于好心，有天夕阳西下时分，父亲从菜地里拔回来两根莴笋，提前做好了晚饭。那会儿，大多数村民都还在地里忙活。母亲用一条布带将我绑在背上，蹲在村头水井边洗衣裳。大概是烟囱里冒出的青烟引起了母亲的注意，她匆忙清洗完脚盆里的衣服便朝家赶。母亲的脚刚跨进灶屋，就看见父亲正准备炒菜。他手里拿的锅铲上沾着一团洁白的猪油。母亲将脚盆一甩，一手抢过锅铲，朝父亲一通臭骂。父亲见母亲怒火中烧，结结巴巴地解释说："我不过……是想……放点猪油……改善下……伙食，你和我的身子骨……都快……撑不住了。"父亲的话越加激怒了母亲，他们站在灶背后开始争吵起来。已经烧红的空锅青烟直冒。吵着吵着，只听"轰"的一声，一团火焰从锅中喷起。火星蹿上房顶，烧着了干枯的茅草。我趴在母亲背上，吓得魂飞魄散。父亲手疾眼快，提起锅盖将锅盖住，再转身抓起水瓢，从水缸里舀水使劲儿朝房顶上泼。母亲则用扫帚柄挑起脚盆里的湿衣服拼命扑火。在他俩的通力合作下，一场火灾好不容易被扑灭。夜幕降临，父亲和母亲还在为刚才的事故相互赌气，两人都没有吃晚饭。屋子里弥漫着浓浓的焦煳味儿，直到第二天太阳升起都没有散去。

那天之后，母亲将那半罐子猪油看得更紧了。她把罐子从衣柜上搬到了衣柜里，还上了一把生锈的铁锁。钥匙一直拴在她的腰间，哪怕夜间睡觉也不取下。父亲知道，瓦罐里那点不多的猪油，是母亲专门给我储藏的。他俩从来不沾。只有在用开水替我冲蛋花儿时，母亲才肯打开罐子，拿筷子尖儿挑一小团猪油放到碗中，跟蛋花儿一起搅拌均匀，送到我的嘴里。那小半罐猪油，就这么陪我度过了整个春季。

　　几十年过去，母亲一直保存着那个瓦罐。而自我懂事那天起，母亲便告诉了我那个罐子的真正主人——一个名叫赵华辉的大婶。当年她跟母亲一样，也是初为人母，生活处境艰难。但她觉得母亲比她更可怜，便瞒着丈夫从自家的油罐里分出一小半猪油，送给了我们。为这事，她曾招致丈夫的打骂，险些酿成家庭惨剧。

　　母亲每每回忆起这桩往事，都会指着那个瓦罐对我说："你今后无论人在何方，都不要忘了那罐子里装的不只是猪油啊！"

雨声清脆

也许，每个人的生命中都注定要经受几场雨水的洗礼，才能见到万里晴空，以及太阳普照大地的光辉。我忘不了那些寂寥而空虚的夜晚，雨水像一群音乐发烧友集体在敲打架子鼓，紊乱的鼓槌噼噼啪啪地在房顶上响起，震得每块瓦片都要弹起来似的。有时，这群民间音乐人似乎诚心要报复高雅的艺术，便站在高空朝屋顶撒豆子，节奏短促、威猛，带着浪漫主义者的野性力量。

我的父母不懂艺术，母亲是个文盲，父亲只有小学三年级文化。他们对自然界的这群兴风作浪、群魔乱舞者厌恶至极。父母觉得，在他们被贫穷折磨得呼吸困难的日子里，落在夜间的这一场接一场的雨水，完全是对他们窘态的嘲笑。那笑声是冰凉彻骨的，像一把锋利的刀子，砍向他们的胸膛。

每次下雨，家里都会变成泽国。那些长满青苔的瓦片，就像是遗落在古战场上的甲胄，在岁月的磨砺下早已残破不堪，再难以抵挡雨水的入侵。如注大雨顺着房梁流下来，流过我们的窄床和衣柜，一直流进父母的身体和我们的睡眠。父亲翻身下床，穿着一件薄薄的灯芯绒长袖上衣，在黑暗中四处摸索，像一个幸存的将领带着他的妻室伺机逃命。母亲兴许是早已被这种惊吓给吓麻木了，坐在床沿上，披着那床唯一的大红铺盖，神情十分淡定。她用双手将我托在前胸，时不时低下头去，将脸颊贴在我的脸上。她的脸凉中带温，像腊月二十三的晚上送灶时锅里点的那盏菜油灯。

男人大概除了在战场上冲锋陷阵外，只有在保护自己的妻儿时，方能显出勇士精神。不一会儿，父亲便从灶房搬来所有能接漏的器具——盆、桶、罐、瓢。他决心与来势凶猛的冷雨死拼到底。雨水真是狡猾，它们见父亲孤注一掷，便吹响了高亢的号角。瞬间，东西南北的水兵蜂拥而至，万箭齐发，铺天盖地地直射我们的瓦屋。父亲见雨势凶猛，锐不可当，索性陪母亲坐在床沿，静静地守候着我。雨滴砸在不同的接漏器具里，奏出时而欢快时而低沉的乐音。父亲从衣袋里掏出一支烟点燃，忽明忽暗的火星，在黑夜里发出微弱的光芒。屋外，轰隆隆的雷声从天边滚滚而来，闪电像无数条银质的鞭子，抽在落满蜘蛛网的窗户上，也抽打在父亲那清瘦的身体上。

暴雨与父亲纠缠、僵持了几个回合之后，在黎明时分宣布退兵。它们最终被一个伤痕累累的老将士打败。

第二天早晨，天放晴了。明亮的太阳光照在被雨水洗刷过的树叶上，干净得像是饿狗舔过的石槽。母亲将我放在屋檐下的椅架里，在院坝里晾晒昨夜被雨水泡湿的铺盖。铺盖上的大红花朵照旧那么鲜艳，像刚刚从春天绽放。父亲则搭着梯子爬到屋顶上翻检瓦沟，像一个老战士在清理战场。翻检累了，他就骑在屋脊上，点上一支烟抽起来。他远远地望着太阳升起的方向，那模样，那姿态，压根儿就是一个打不败的常胜将军。

山 羊 劫

一个阳光明亮的上午，满坡满地的植物开始萌动和生长。山岭上茂盛、翠绿的竹林形成一面天然屏风，试图将连日来的冷风挡在村庄外面。爷爷坐在灶房的门槛上，嘴上叼着叶子烟烟杆，淡蓝色的烟雾在他的头顶盘旋。灶房内是按风俗回家探亲的二姑和三姑在烧火煮她们带来的猪肉。奶奶和另外两个姑姑则围着锅台转来转去，欢声笑语从房顶上的瓦缝传出来，整个村子里的人都能听见。

父亲对正在发生的一切视而不见，他手拿一把柴刀，在院坝里破篾条。他想趁此空闲时间，把我们那用竹篾夹成的新房墙壁补一补。母亲蹲在院坝边的菜地里除草，无数束光线射在她的后背上，像极了一张移动的剪纸。四岁的我则在院坝里独自玩耍，跟在父亲身后东腾西挪。父亲不时回头提醒我站远点，以免被竹子划伤。可小心翼翼的父亲最终还是让我破了相——他在剐竹节时朝后一退，竹子正好戳在我的左眉骨上，鲜血顿时染红了我左半边脸。我的哭声惊吓到了父亲和母亲——父亲闪电般扔掉手中的刀子和竹子，转身抱起我仔细察看。母亲箭步从菜地里蹿上院坝，迅速从父亲手里抢过我，劈头盖脸对父亲一通臭骂，眼泪如我的鲜血一样往下流。

爷爷对院坝里正在发生的一切同样视而不见，仍旧坐在门槛上抽叶子烟，嘴里吐出的烟圈呈蘑菇状。奶奶和姑姑们谁也没有出门来看一眼，她们炖肉的香味在院坝里弥漫，惹得我口水直流。几分钟后，我的疼痛便被肉香治愈。我躺在母亲怀里喊："好香，妈妈，好香……"母亲听我越喊越急迫，干脆将我抱进屋里生火煮饭去了。刚刚挨了骂的父亲还在继续破篾条，握刀的手有些发抖，好几次，刀子差一点就划破了他的手掌。

母亲刚把米下到锅里的时候，爷爷和姑姑们已经开饭了。一家人坐在一张陈旧的方桌周围，六双筷子在桌上的一钵肉里夹来夹去，起起落落，像失散的亲人为庆祝团聚而举行的午餐。我趁母亲忙着切菜的间歇，寻着香气从灶房跑出来，在爷爷家的灶房外徘徊（他家灶房的门是虚掩的）。那会儿，父亲到屋后砍竹子去了，没有看见我的行为。我在屋外站了许久，用脚踢门，门却像石头那样沉。后来，四姑大概察觉到了我，从门缝里递出来两片肉。我接过肉塞进嘴里大嚼起来，猪油糊满了嘴巴和两手。两片肉很快吃完，我的舌头像长了爪子，要奋力伸出来抓爷爷桌上的肉。我正欲使劲儿推门，忽然被一双大手拦腰搂起。我一看是母亲，又哭又蹬腿，挣扎着要朝爷爷家的门缝里钻，结果还是被母亲给制服了。等我的情绪好不容易稳定下来，止住了哭声，母亲却再也忍不住了，抱着我大哭起来，哭得全身抽搐，把我吓得够呛。

午时过去，二姑和三姑收拾完碗筷，各自回家去了。四姑和五姑也分别背着背篼去坡上割草。奶奶还在灶房打扫清洁，爷爷又开始坐在门槛上，边抽叶子烟边靠着门框打起盹来——自从他生病以来，常常都是这副病恹恹的模样。他整天坐在门槛上，啥事都不管，专等着与死神相会似的。

就在爷爷风箱似的呼噜声响起的时候，几个陌生人像野蛮的强盗闯入了我们的院子。他们来自乡信用社，拢共八人，六男两女，个个表情僵硬，冷若冰霜。站在队伍前面的男人是头头儿，他双手叉腰，恶狠狠地对爷爷吼道："你欠的债务已经逾期，今天是还也得还，不还也得还。"爷爷见势不妙，畏畏缩缩扶着门框立起身，卑躬屈膝地说："张主任，你看能不能再宽限一段时间，我目前实在莫法还账。"奶奶一看阵仗，便躲在爷爷身后，像一只受伤的老绵羊。其中一个女干事冲进灶房，揭开桌子上的罩子后大声说："没钱，没钱还吃得起肉，我看你是成心赖账。"只见张主任向旁边的几个男人递了个眼色，就有两人上前去扭爷爷的胳膊。气喘吁吁的爷爷招架不住，声嘶力竭地喊我父亲的名字——在危急关头，他最先想到的总是他这个不孝的儿子。父亲急忙从屋里跑出来，向信用社的人散烟，并低声下气地说："各位行行好，我爸年龄大了，有病，你们饶了他吧，等他凑齐了钱，我一定连本带息亲自给你们送来。"母亲站在屋檐下，看到父亲的狼狈相，气不打一处来，恶狠狠地说："关你屁事啊，真是狗拿耗子多管闲事。"父亲没有理母亲，继续告饶，就差没下跪了。

信用社的人态度十分强硬，任凭父亲说破喉咙，他们就是不肯软手。自从我有记忆以来，信用社的人隔三岔五就会到我们家来找爷爷还钱。据说那是当年爷爷为了拉扯几个子女成长，向信用社贷了两千块钱来扩建房子。房子修葺不久，他就病了，债也就一直欠着，无力偿还。以前，信用社的人来催款时，只要爷爷说几句软话，他们也不追究，批评教育一番即走人。可这次不同，兴许是他们打听到爷爷病情严重，若再不追款，恐怕一无所得。

催款队伍软硬兼施了半天，见爷爷实在是病弱不堪，像一根被雨水淋烂的木头，便转而将矛头对准了父亲。那个姓张的主任说："那好，既然你替你老汉求情，那把钱也替他还了吧，父债子还，天经地义。"母亲一听这话，赶忙跑过来干涉，说："我们已经分家，各打米另烧锅，凭啥让我们还。"父亲还在苦苦求饶，说："张主任，我们刚刚分家，日子紧巴得很，孩子想吃回肉都没钱买呢。"说着，父亲一把将我拉到他身旁，撩起我的衣袖，说："你看，娃儿瘦成一根筋了。"

这时，四姑和五姑割草归来，还没放下背篼，就立在院坝里呜呜地哭起来。母亲的泪水也包不住了，混合着委屈和无奈滚落地面。那个下午，悲伤似一条河流，席卷了一个普通的农家小院。或许是这一凄楚的场景让催款的另一位女同志生了恻隐之心，她附在张主任的耳朵边嘀咕了几句，张主任便软了口，说："那我们再给你们几天时间，要是仍不还钱，就休怪我无情了。"可是祸总是躲不过的。正当他们转身要走，我们家那两只不争气的黑山羊在屋后发出了"咩咩"的叫声，那是母亲去年从外婆处借钱买来喂养的。这叫声像一根牢实的尼龙绳，拴住了催款人的腿。他们站在院坝边仔细听了听，又彼此嘀咕了一会儿，便有一个人走过来问："是你们家的羊？"母亲紧张得上牙磕下牙，说："那……那是……我们家……唯一的……命根子啊！"问话的人没有多说，便跟随另外一人去屋后牵羊。母亲拼命阻拦，却被剩下的人钳制住了，趴在地上动弹不得。而父亲、爷爷、奶奶和两个姑姑均立在一旁，像几个木偶。

那两只黑山羊似乎预感到大祸临头，守在母亲身旁不肯挪步。牵羊人手中的绳子都差点拽断了，山羊仍在苦苦挣扎，两双泪光闪闪的大眼睛布满血丝。山羊到底是弱小的，在六个壮汉的合力牵拉下，它们不得不屈服。直到它们已经离开我们家很远了，还在"咩咩咩"地叫唤，像两个被拐走的孩子在呼唤自己的母亲。

村头学堂

我五岁那年的一天早晨，母亲把我从睡梦中唤醒，将一碗热乎乎的面条端到我面前说："快吃吧，吃完了好去上学。第一天，不能迟到。"待我吃完面条，母亲又打来一盆热水，替我擦完脸，再换上一身干净的衣裳，便牵着我的手，朝村头的学堂走去。

一路上，母亲谆谆告诫我一定要听老师的话，不要跟同学疯打，上课要认真……我肩上斜挎着她利用一张旧床单为我缝制的新书包。由于书包的带子过长，她不得不挽了两个结，我看上去就像一头初生牛犊被戴上了枷锁。我屁颠屁颠地跟着母亲赶路，土路两旁青草上的露水打湿了我的裤管，冰凉冰凉的，感觉有两条蜥蜴在我的小腿上爬。太阳还停在地平线上，貌似一个害羞的姑娘，只露出了大半边脸。走着走着，我不知道是兴奋还是害怕，紧紧地抓住母亲的手，仿佛她领我去的并不是求知的殿堂，而是一个陌生的世界，里面充满了风、雨、雷、电。

学堂坐落在村头一个土丘上，是一座大大的青瓦房。远远看去，跟我们的住房没啥区别。房子前面是一块草坪，上面长满了青草。草坪边上，栽着一棵橙子树和两棵杨柳。学堂里面共有三间房，最大的是教室，摆着三排潮湿的木桌子和木板凳；黑板靠左的一间是老师的办公室，靠右一间是中午煮饭用的柴房。

母亲将我送至学堂，跟老师寒暄了几句，就回去了。我站在青草掩膝的草坪上，望着母亲离去的背影，心里酸酸的。想哭，又哭不出来。身旁来来往往的，都是如我一般大小的陌生同学，他们在老师的带领下除草。其中有几个个头稍大的男同学，劳动时最认真。他们将草连根拔起，即使累得满头大汗，也从不叫苦喊累。

跟同学们比起来，我当时的身体素质可能是全班最差的。我刚除了一会儿草，额头就虚汗直冒，眼睛亮一阵黑一阵，几次差点晕倒。而其他同学正干得热火朝天，把劳动视为欢乐的海洋。短短的时间，他们彼此就混熟了，融入了集体这个大家庭。唯有我，显得极不合群，独自站在一旁，看着手中随野草一同被拔掉的几株蓝色小花黯然神伤。

老师并未察觉到我内心的变化，他正提着一个塑料桶，在教室外的墙壁上涂写大字。当同学们齐心协力将草坪上的草除干净时，老师也完成了他的书法杰作——团结紧张，严肃活泼。八个白色大字，像几个立体方框挂在石壁上。老师站在房檐下，对着笔迹未干的标语凝视良久，脸上泛起幸福的表情。然后，他走进办公室拿出一个古铜色手摇铃铛，一阵叮叮当当的铃声之后，同学们像回笼的鸡群钻进教室各自找位置坐好。

人生的第一堂课就这样开始了。

老师仪表堂堂地站在讲台上宣布完纪律，再根据高矮编排完座次，又叫同学帮忙发放完书本，便开始上课。我因个头矮小，被安排坐在第一排居中位置。老师的一回眸一张嘴，都使我如坐针毡。仿佛头顶高悬着一把利剑，稍一挪动，剑就会掉下来，刺中我的头颅。或许是由于紧张，课刚开始十分钟不到，我就想撒尿。但我不敢说，只能憋着，牙齿咬得铁紧，整张脸似一个熟透的苹果。

老师还在黑板上继续他的板书，粉笔"沙沙"地响个不停，仿佛黑板背后藏着几只蛐蛐，不时对老师漂亮的粉笔字发出赞叹。老师是个绝对严谨的人，字的任何一笔，都写得小心翼翼。横是横，竖是竖，撇是撇，捺是捺。他还用红色粉笔写了三个拼音字母"ɑ、o、e"，我们跟着他有节奏地朗读。我们不断地重复读这几个字母，嘴巴张得大大的，教室里顿时响起二十几个学生稚嫩的童声。可怎么也没想到，我嘴巴刚一松，憋着的气瞬间泄了，像谁用针在吹胀的气球上刺了一下。顿时，我再也控制不住，尿液从裤裆里往下淌，溅得同桌满脚都是。同桌条件反射般地大喊一声，所有同学的目光便箭镞一样地射向我。一股尿臊味迅速弥漫开来，老师本能地后退了两步，赶紧掩住鼻子，蹙紧眉头。但他立即制止住了满堂的笑声，并若无其事地接着教大家读拼音。这时，我像一个遭受羞辱的人无法正视自己，突然大放悲声。任凭老师百般安慰，我就是收不住泪水的闸门。

那天，老师和同学们都以为我是因一泡尿蒙了羞，才哭得那么地动山摇、天昏地暗。其实，只有我自己清楚，我是想母亲了。我仿佛看见母亲就躲在教室外边，正透过窗户默默地注视着我，一脸慈悲。

一泡童子尿

　　我忘不掉家门前那树桐子花，每年春天，它都开得最晚，却开得最灿烂。有时开春很久了，眼见气温一天天回升，忽然一夜冷风，还会迎来几天倒春寒。村民们习惯性将这股寒流称为"冻桐子花"。桐子花是耐寒的，越是冷，它绽放得越妖艳。可美丽总是短暂的，寒流一过去，桐子花也就随风凋谢了，让人想起末世的繁华。

　　我喜欢看桐子花飘飞的景致，一片片白色花瓣在空中舞蹈一圈后，风情款款地坠落地面，像给地面铺了一层雕花薄毯。从花瓣上走过，有一种春日里特有的芳香味道。每年的这个时候，我都陶醉在自然界的怀抱里，而决然不愿去看父亲挽着裤管在水田里犁田的情景。

　　父亲每次犁田，都会把我叫上。自从他那次破篾条时戳伤了我的眉后，就一直不放心我的安全，只有把我限定在他的视线之内他才放心。我也因此得以目睹他在劳动时的种种细节。记忆最深的，便是父亲每次犁田。他犁田跟别人不一样，别人犁田都是用牛拉犁铧，而父亲不是，他是自己充当牛来拉犁铧。我们家养不起牛，跟人合养，又出不起入股的本钱。故开春翻耕秧田时，无奈的父母只能代替牲口干活。父亲在前面拖，母亲在后面双手扶稳犁铧使劲推。黄泥糊满他们的脸孔，只能看到两只转动的眼睛。我蹲在田坎上，玩桐子花花瓣。父母在冷水田里经受酷刑，他们犁一段田，就回头看一看我。只有确认我尚安全，他们才又埋下头，像两头不知疲倦拉磨的驴。时间一点一点地流逝，父亲和母亲从上午一直犁到天快黑尽，秧田才犁了一小半。他们不得不忍痛扛着犁铧牵着我回家。夜间下起了小雨，雨滴落在屋外的树叶上"沙沙"地响。父母坐在煤油灯下用棉花擦洗皮开肉绽的肩膀和手掌，他们咬紧牙齿，发出"哑哑"的锐痛之声。我躺在被窝里，看着他们的一举一动，沉默不语。

后来，父亲靠外出下苦力挣了点钱，便参股跟邻居德春大叔合养一头牛。有了牛后，父母总算结束了犁田时的皮肉之苦，干活的效率也大大提高了。按规矩，牛由两家人分别喂养，一家负责养一周。轮到我们家喂养时，母亲早晚都要去坡地割一背篼草，有时中午还要抽空去割，将牛喂得壮壮实实的。而当轮到德春叔家喂养时，他们便没有母亲那样细心，每天只割一背篼草来给牛吃。眼看牛一天天消瘦下去，母亲心急如焚。有一次，她跑去找德春婶理论，彼此吵得不可开交。好几回，父母试图将牛买回来单独喂养，可苦于没钱，便只能忍住。一头牛，闹得邻里间面和心不和。

矛盾终于还是激化了。有一年春天，雨水丰沛，大家都想趁那几天平整秧田。可一牛难伺二主，帮了这家帮不了那家。天刚亮，父亲和德春叔都跑去堵在牛圈门口，意欲牵牛。两人互不相让，你一言，我一语，终至大打出手。父亲出手重，将对方的头砸出了血。德春叔要求理赔，父亲拿不出钱，只好不了了之。谁知，第二天黎明，德春叔不服气，偷偷跑去牛圈牵牛。或许是德春叔的过激举动激怒了睡眼惺忪的牛，牛奋力反抗，用犄角顶掉了德春叔的两颗门牙，还把其周身撞得青紫，他躺在牛圈里唉声叹气。早起的母亲听见响声，提着油灯去圈里察看，只见牛正伸长舌头舔德春叔的脸。母亲慌忙叫来父亲，将德春叔从牛圈里扛出来。此时，天已大白，村民们都跑来看热闹，大家七嘴八舌，指指点点。德春婶蹲在地上哭得死去活来。村里的国平公见多识广，他将手放在德春叔的鼻子前试了试，说："还有口气，快去接碗童子尿来。"

当我被母亲急促的喊声惊醒时，牛圈旁像赶集一样热闹。她迅速将我抱到院坝边，我看见院坝边的条石上搁着一个空碗。母亲三两下便脱掉我的裤子，催促说："撒尿，快撒尿。"邻居们这时都屏气凝神，静静地看着我。而我此时也的确被尿憋急了，稀里哗啦就撒了一大碗。我还想继续撒时，听见国平公说："够了，够了，有多的。"他端起我的尿液就朝德春叔的嘴里灌，刚灌了一小半，德春叔便清醒过来，睁开了眼睛。国平公准备继续灌时，德春叔有气无力地说："行了，啥东西，难喝死了。"说完，便哇哇大吐起来。国平公将碗一扔，说："有救了。"围观的邻居们也才松了口气，嗤嗤地笑着散去了。

从此以后，德春叔家与我们家的关系变得越来越亲密，抬头低头都是笑脸相迎。每到春耕时节，两家人都彼此谦让，德春叔坚持让我们先用牛，父亲则让德春叔先用。

只有那头牛像一个冷静的旁观者，始终对眼前发生的一切缄口不语。

蛇的复仇

我回想起那个落日熔金的傍晚，没有一丝风。我蹲在村头的池塘边，看水里游动的鲫鱼和鲤鱼。它们成群结队，在池塘边的水草丛中或者竹林掩盖下的阴影里嬉戏。其中有一条红鲤鱼，脊背上的鳍被撕裂了，鱼尾也少了半边。透过水波看下去，仿佛某个涂着口红的女子手里摇着一把破纸扇。

那个落日熔金的傍晚注定是灰暗的，这不只是因为我窥到了一条鱼的悲伤，我同时还窥到了我父亲的悲伤。他跟那条鱼一样，身上的某个部位，也正在遭受着伤害。

父亲遭受伤害的时候，并不知道我蹲在村头的池塘边看鱼。自从我读书以后，他就不再像以前那样管我了。在父亲眼中，进了学堂的孩子，已经不再是个小孩。那天傍晚，他随母亲一起，到后山的岩洞里背柴火。岩洞在半腰处，远远看去，后山像是被谁用巨斧拦腰砍了一道口子。去年秋天，庄稼收割之后，母亲偷闲割了许多柴草。晒干了，统统将其码放在岩洞中。灶房的柴草烧完了，就去岩洞里背。多数时候，都是母亲独自去岩洞背柴。可那天，父亲自告奋勇陪伴母亲前去。长久以来，迫于生存压力，母亲一直闷闷不乐。只要有空，心思细腻的父亲都会陪在她左右，说说话，聊聊天，舒缓一下母亲心头的愁绪。

父母走到岩洞的时候，落日像一个才思枯竭的画家生气时泼在天幕上的颜料，已没有先前那样浓艳。父亲取下母亲肩上的背篼，让母亲坐在岩洞前的一块石头上歇气，而他则埋头朝背篼里装柴。父亲边装柴边用余光瞟母亲，他发现母亲憔悴了不少。跟刚结婚时相比，母亲的脸庞早已不再光滑，像是被蒙上了一层用旧的薄膜。头发也不再有光泽，跟经秋的茅草差不多。看着看着，父亲鼻子一酸，两滴眼泪滚落在柴堆里。他怕被母亲看到，便将头埋得更低了，几乎是趴在柴堆上。

岩洞里黑沉沉的，有些凉。岩壁上的石头开始沙化，父亲搂柴时不小心顶到了岩壁，沙子盐粒般朝下落，钻进父亲的衣领和眼睛里。他用手指揉了揉眼眶，想睁眼，却怎么也睁不开。母亲没有发现这一切，她坐在石头上，顺手折断身旁的一根狗尾巴草，放到嘴里咬，一副忧心忡忡的模样。父亲半眯着眼睛，继续装柴。忽然，他大叫一声，拿着割草刀的右手迅速一缩，把刀子扔出两丈开外。

母亲猛然一惊，站起来，只见父亲右手鲜血直流。一条花斑蛇正从柴堆上爬过。母亲反应过来——父亲被蛇咬了。她赶快掏出手帕，死死地缠住父亲的右手，背起背篼就催着父亲朝家走。不一会儿，手帕就被血染红了，父亲的手肿得跟馒头似的。

我从池塘边回到家时，看见父亲靠在屋檐下的石柱上，不停地喊疼。而母亲正在朝一个装过白酒的高温瓶子里倒煤油，我知道，她在做赶夜路用的煤油灯。天很快就黑透了，母亲对我说："你就在家待着，我陪你爸去乡卫生站。"母亲点燃那盏大大的煤油灯，橘黄色的火焰跳得老高，整个院坝都能照见。

父亲立在屋檐下，像一尊雕塑。无论母亲如何劝说，他就是不肯去卫生站，还悄悄将母亲从枕头底下拿出的用红布包着的几十元治疗费放回原处。母亲奈何不得，只好隔上半个时辰，就用棉花蘸着白酒替父亲擦洗伤口，一边擦洗一边落泪。

这是父亲第二次被蛇咬。他十二岁那年，独自上坡割草，就被一条毒蛇咬伤致残。从那时起，父亲像变了一个人，整天把自己关在房间里，话也不说。直到我母亲嫁给他后，他的脸上才又露出笑容。

父亲重情，认为是我的母亲拯救了他，发誓要一辈子呵护我的母亲。可他没想到自己会再次被蛇咬伤，这突如其来的灾难，像一块大大的布裹得我们一家人透不过气来。母亲安慰父亲，让他好好养伤，不要想太多，家中的事由她操持。然而，母亲越这么说，父亲越沮丧。这让他不得不怀疑，那条咬他的蛇就是曾经被他打死给我炖汤喝的蛇的后代。它是专门来复仇的。

可父亲哪晓得，生存本身，远比毒蛇凶猛百倍呢！

五姑的婚事序幕

　　父亲的痛苦最终被五姑的婚事冲淡了。尽管，在那几个刁钻、泼辣的妹妹眼里，父亲并非作为哥哥的形象出现的。而在他这个哥哥眼中，再冷淡、乖戾的妹妹终究还是妹妹。

　　那是个无风的下午，天空浑黄浑黄的，好似一口倒扣的巨型铁锅上粘着一层豌豆粉锅巴。我放学后回到家里，看到院坝里坐着三个陌生人，两男一女。爷爷叼着一杆叶子烟，躺在一把竹椅子上。四姑站在爷爷身旁，像个侍女。奶奶则从粮仓里拿出一个蛇皮编织袋，把里面装着的花生捧出来请大家享用。从年龄上判断，两个陌生男人是一对父子。儿子有些腼腆，自始至终埋着头，双手不停地捏自己的裤管。做父亲的不时朝他递眼色，偶尔还故意咳嗽一声，示意他抬头看我爷爷一眼。可这小子压根儿就是个闷葫芦，任凭他老子都快咳出血了，他就是红着一张脸，没有任何反应，一副无助模样。

　　媒婆见机行事，从板凳上站起身来，将剥出的两粒花生米抛入张大的嘴中，拍拍手，边嚼边对我爷爷说："吴大爷，你看这孩子咋样？本分、老实，今后一定是个干活儿的能手。你表个态吧，人家把见面礼金都带来了。"爷爷猛吸一口烟，将烟雾吐出，再猛吸一口，再吐出，然后拖着嗓音说："啊哈，那个啥，人倒是不错，就是……来来来，吃花生，吃花生。"

小伙子的父亲一听爷爷遮遮掩掩的口气，赶忙从衣兜里掏出几百块钱来塞给爷爷。爷爷握着钱，笑眯眯地说："我们大人倒没啥意见，只要闺女满意就成。"说完，他扯着嗓子喊道："德福，德福，你出来帮你妹妹拿个主意吧。"父亲听到爷爷的喊声，从屋里走出来。他没有看爷爷一眼，父亲心里清楚，爷爷这时候叫他，说明五姑的婚事已经是板上钉钉的事情了。父亲二话没说，只对那个埋着头的小伙子问道："你喜欢我五妹吗？"小伙子扭扭捏捏地朝父亲点了点头。父亲再次加强语气说："你把头抬起来回答，你喜欢我五妹吗？"小伙子的脸更红了，不安地又点了点头。父亲就再也没问什么，转身回房去了。

我蹲在爷爷身边，不停地剥花生吃，那花生有一股青草的味道。我想起了那些午后时光，五姑领着我去挖过花生的沙地里捡花生芽的情形。五姑肩上挎一个篮子，瘦瘦的身影被阳光拖得很长。我跟在她身后，像在追赶她的影子。我们每拾到一根花生芽都很高兴，比捡到金子还兴奋。那些花生芽根茎白嫩，胖胖的，顶端的瓣片就像婴儿的乳牙。

五姑拾着拾着便唱起歌来，歌声飘得很远，旋律里透着一股少女的青春气息。我被她的歌声感染了，跟着咿呀哇啦唱起来。身后的沙地上，全是我们零乱的脚印。从午后到夕阳西下，我跟五姑从这个坡辗转到那个坡，从这块沙地捡到那块沙地，风继续吹着，我们继续唱着。待到篮筐里装满了花生芽，我们便在霞光的照耀下回家去。每次，五姑都会将篮筐里的花生芽分一半给我。晚上做饭时，母亲将花生芽淘洗干净，放在锅里炒了吃，满口生香。

当我从记忆里逃出来时，已是黄昏时分。爷爷和那小伙子的父亲坐在院坝里谈笑风生。奶奶正忙着在厨房做晚饭。四姑这天没有帮奶奶的忙，她独自站在院坝边的橘子树下，十分惆怅。而那个小伙子仍然低埋着头，脸像一张红纸。在暮色掩映下，与爷爷燃烧的烟叶彼此暗合。

　　整个下午，我都没有看到五姑。她一直躲在房间里，像个做贼心虚的人。

校园风波

学堂是一个乐园，里面流淌着青春的秘密。但那秘密里除了欢悦和天真外，还暗含着一种暴力权威。尤其是男孩子们，小小年纪，就学会了用拳头来开创霸主地位。

林勇是班上最调皮捣蛋的一个男生，他想欺负谁就欺负谁，经常把别的同学揍得鼻青脸肿、哇哇大哭。大家见了他，都像老鼠遇见猫，四下逃窜。那是炎夏的一天，教室里的人都趴在课桌上午睡，汗水打湿了每个人的后背。知了躲在操场旁的柳树枝上高一声低一声地叫，像一个受了委屈的孩子的哭泣。老师在办公室里批改了一会儿作业后，也趴在桌子上睡着了，如雷的鼾声仿佛能把房顶上的青瓦震飞。就在所有人都在流梦口水的时候，林勇却像一只狡猾的猫睁开了假寐的眼睛。他悄悄地拿起一支圆珠笔，在每一个人的手腕上画了一块大大的手表，还在几个女生的嘴边描绘出了茂密的胡须。

午时过去，下午的上课铃声在老师的哈欠声中响起，同学们也像一只只慵倦的猫伸着懒腰醒来。这时，一个男生扭头看见了后排座位上女生下巴上的变化——那些时而轻描淡写，时而浓墨重彩的胡须，像一条条麦穗挠到了那个男生的笑神经，使他瞬间从凳子上滑到了地上。俄顷，更多的人开始彼此嘲笑对方，个别害羞、脆弱的女生哇哇大哭起来，一场骚乱在简陋的教室里迅速蔓延。

老师听到响动，从办公室里匆忙走出来。那一刻，精明的老师立刻知道发生了什么。他恶狠狠地将书朝讲台上"啪"地一放，宛如一块惊堂木响起，教室里顿时安静下来。只有一个女生仍在小声地哭泣，像一只遭受奚落的小蜜蜂在背后抱怨命运的不公。老师清了清嗓子，带着威严吼道："是谁捣的鬼？站出来！"没有任何人出声。老师再次吼道："主动承认可以减轻处罚，否则，严惩不贷！"仍然没有人出声。

我端坐在座位上，瞥了一眼靠窗坐着的林勇。他一脸平静，将左手的袖子撩到了肩膀上。他故意亮出自己手腕上的那块手表来，那块表比班里任何一个人手上的表都大。老师连吼带吓了半天，没有问出任何结果，事情反而越问越复杂。见老师站在讲台上一筹莫展，林勇脸上露出了小小的得意。他的阴谋诡计终于得逞。他不但挑战了权威，还证明了自己的聪慧。

很显然，手表事件影响到了老师的心情。那个下午，他再也没有心思上课。他不能容忍这帮小王八羔子对他的公然戏弄，他的斯文犹如操坝上的树叶，不但沾满了灰尘，还卷了边、发了黄。

林勇真是个厉害的角色，他不仅会见风使舵，还会火上浇油。在这场与老师的较量中，他还在老师的伤疤上撒了一把盐。就在老师气急败坏的时候，林勇忽然站起来，流着泪说："老师，你必须查清楚到底是谁干的，否则，我明天把我老汉喊来学校解决。"老师知道他父亲是个杀猪匠，蛮不讲理，脸上顿时气出了猪肝色。

时间伴随着老师额头上的汗水渐渐流逝，直到放学，手表事件也没查出个水落石出。第二天，我去上厕所时，无意中听到林勇悄悄地在给他另外几个死党诉说昨天的恶作剧，言谈中满是自豪和喜悦。我气不打一处来，匆匆跑去老师办公室，将听到的一切如实汇报。

林勇成了众矢之的，他在同学们的指责声中，被老师罚跪在黑板旁面壁思过。事情查清楚了，老师的心情自然轻松了起来，讲起课来神采奕奕、慷慨激昂。林勇时不时会转过头来看我一眼，目光比砒霜还毒。

果然，放学之后，林勇伙同他的那几个死党，将我拦在回家的路上，并勒令我从他们的裤裆下面钻过去，不然，就会让我吃拳头。其他路过的同学见状，吓得屁滚尿流，唯恐避之不及。我正战战兢兢，苦于无法脱身之时，突然从身后冲出一个人来，手拿一块砖头直朝林勇的额头拍去。要不是林勇躲闪得快，势必鲜血横流。林勇怎么也没想到，他居然会遇到比他更狠的人。他边跑边骂："你等着，你等着。"拿砖的人穷追不舍，一直追出两节田坎才止了步。他的几个死党见主帅已逃，便也作鸟兽散。

从此以后，林勇再也没有招惹过我和那个拿砖的朋友。那个朋友名叫吴楠，是我的同桌。我更没想到，这个朋友日后竟也会成为我的死党。

床上时光

床是用柏木做的，厚厚的床沿泛着暗红色光泽，木质的纹理间仿佛有风吹草动的迹象。外婆说，这张床是我外公亲自从深山老林里伐回，再请手艺最为精湛的木匠打制的，沾满了灵气。外婆一生拢共生育了八个子女，我母亲排行第三，是她最疼爱的三个女儿之一。因此，当我母亲流着眼泪嫁给我父亲那天，外婆便将这张珍贵的木床作为陪嫁赠给了母亲。

可令母亲没有想到的是，自从父亲的右手被蛇咬坏之后，他便整日地恋上了这张床。那段时间，父亲每天都会睡到日上三竿。红红的太阳从窗棂照进来，射在父亲蜷缩成一团的身子上。然而，父亲对外界光线的变化似乎毫无察觉，他正在以睡眠的方式寻找内心的光源。可那光源却十分微弱，忽隐忽现，像夏夜里草丛中的萤火虫，亮一下就熄灭了，而后又亮起来。

母亲深知父亲心中的苦楚，从来不去干涉父亲，更不会抱怨，唯有暗暗承受生活所给予我们这个家庭的一切。早饭和午饭都是母亲做好后端到父亲床前。最开始，父亲不吃不喝，成天躺在床上不翻一下身，像一个行将就木的人。母亲见端去的饭菜凉了，又悄悄地拿到灶房加热后重新端来。一天下来，母亲反复加热饭菜让父亲吃，父亲还是不张嘴。但母亲只管做她的，她不能让碗里的饭菜变凉。她坚信此时的父亲需要那点温热，且这仅有的温热只有她能给他。事实的确如此，几天过去，父亲到底感知到了母亲给予他的热量。他从床上悄悄地爬起来，将身子靠在床前的柜子上，像小孩子似的学着用左手捏筷子吃饭。我从门缝里偷偷地观察他，看见父亲拿筷子的动作笨拙不堪，菜刚要送进嘴里，又滑落到了柜子上。这样试了几次，结果都失败了。父亲涨红了脸，额头上青筋暴突，他颤抖的左手猛一用劲儿，竟然把一根筷子折成两截。这下父亲更加愤怒了，他顺手一扫，把柜子上的两个瓷碗推飞起来，碎片和饭粒撒了一地。我藏在门背后，吓得不敢吱声。母亲听到响声，赶快拿来扫帚和撮箕把残渣清理干净。然后，不说一句话地退出了房间。母亲走开后，我听到父亲躲在被窝里发出"呜呜呜"的哭声，被子一耸一耸的，像一只被困的猫在挣扎着寻找出口。

那段时间，说不出为什么，我老是怕回家。我怕看到母亲孤零零的身影，怕看到父亲愁容满面的脸孔。下午放学后，我故意东游西荡，跑去后山上看落日，或逃到某一块开满豌豆花和蚕豆花的田里听花开的声音。时间在我的躲避中慢了下来……

有好几次，母亲在夜幕降临下收工回家，路过田地时，她瞧见了我，但她并不问什么。她只是走过来，朝我笑笑，掸掉我书包上的泥巴，然后牵起我的手，朝家的方向走去。我跟在她身后，也未说任何话，就这么慢慢地走着。天空上繁星点点，像无数只眼睛在眨呀眨的。

父亲仍然将自己的活动范围限定在一张床上。那张床，成了承载他肉体和精神的载体。我当时想，难道父亲真要将自己一辈子捆绑在一张床上？

一天早晨，父亲的意外举动证实了我的猜想不成立。

那个早晨跟许多个早晨一样，天刚亮，太阳就像一个熟透的大柿子，挂在天空上。我揉着惺忪的眼睛，正准备吃了早饭去上学，却突然看见父亲蹲在院坝里，用一只手在刮锄头上的泥巴。父亲朝我笑笑，说："赶快吃饭吧，不要迟到了。"这突如其来的一幕让我惊喜。我点点头，端起桌上的饭碗开始狼吞虎咽。母亲不断地劝说："慢点吃，慢点吃，别噎着了。"可我就是慢不下来，我已经许久没有吃到这么香的饭菜了。

吃完饭，我背起书包正要出门，父亲又说："放学早点回来，别成天到处游荡，跟个夜游魂似的。"我笑笑，风一般朝学校奔去。跑到屋后头的时候，我故意停下脚步，听见父亲刮锄头的声音在村庄上空回荡，那般响亮，跟春雷差不多。

我知道，父亲的春天来临了。

第二辑 心灵物语

冬季来临

天渐渐地冷了，所有的窗子都关着。青苔爬满了院坝里的土墙。偶尔有几只小鸟从田野尽头飞来，在天空迅疾或懒散地掠过，停在菜园子的栅栏上，紧缩着脖子，不动了。像几位自然界的使者在等待冬季来临，想象洁白的雪花从岁月深处飘来，安静地将大地覆盖。

没有什么奇迹发生，万物秩序井然，不动声色，却又气象万千，变化多端。母亲坐在木椅上纳棉鞋，父亲坐在屋内生旺了火盆烤火，爷爷凭借他的水烟筒进入了对往事的回忆，每个人都在以不同的方式抵御季节的严寒。唯独我却在冬季里感到恐惧，我不知道自己在面对一个如此漫长的季节中，究竟还有什么重要的事情值得去做，整个冬天甚是无聊。风声萧萧，雪落无声。动物们匆忙地搬运完准备过冬的食物，销声匿迹，留下七零八乱的爪痕，清晰地印在雪地上，像一幅幅生动的简笔画。屋檐下木桩上拴着的那条狗，似乎对节令的变化熟视无睹，安静地蜷缩在草窝里，聚拢起茸茸长毛，将温暖搂进怀抱。它已经学会对生活应付自如。

我不知道该怎样做才能挨过一个漫长的冬天，积雪在我的骨子里游走或睡眠。我身上穿着去年冬天穿过的一件旧棉袄，发现棉袄内层的破洞里几只虱子正在冬眠。我总觉得在冬季里待在野外比待在家里好，寒冷总是最先袭击那些幻想取暖的人。北风依旧伺机对大地上的事物进行破坏，我看见田野边的白杨树上，几个空空的鸟巢随风晃荡，孤零零的样子，像我祖先在几个世纪之前遗留下来的故居。

　　人总是不能看见一些东西，我没能看见那些深藏在冬季里的秘密。我所看见的都是些与季节无关的事情。在冬季，我看见流水在追赶春天；看见阳光躲在冰凌下歌唱；看见肥沃的土地瘦骨嶙峋；看见另一个自己，蹲在角落里，像一把生锈的农具，被弃置多年。

蚂蚱的悲伤

　　五月的一个下午，我午觉醒来，脑子晕乎乎的。讨厌的蚊子"嗡嗡嗡"地在耳朵边乱飞，试图趁我不注意时咬我一口。太阳移到了院子的西墙上，阳光将原本搁置于墙角的农具和柴垛的影子投射其上，像民间传说中的某些怪物，凄清恐怖。再也没有比此时更平静的时候了，我突然感到害怕，心凉如水。父母不在家，我找不到更加充足的理由来替自己壮胆，身子颤抖着，两条腿瘫软似的往下陷。我像一根脆弱的草，随时都有被折断的危险。我不知道自己能不能在那个燠热的下午存活下来。

　　邻居说我母亲去田野里收割麦子去了。我想去把母亲找回来，这样我会觉得踏实和安全。我几乎是怀着混乱的心绪走向田野的。四野幽静，阡陌交错；大地肃穆，残阳似血。蝉在路边的树枝上聒噪，嘶哑的声音宛如在拉一个破旧的风箱；蝴蝶翩翩飞舞，在某一个高度上炫耀自己的技能；蜥蜴闪电般从脚边的草丛间蹿出，又倏忽变魔术似的隐身不见了。周围的田地间随处可见弯腰劳作的农人，身姿谦卑，神情专注。他们与土地之间充满了默契。我从他们身边走过，他们都把我当成陌生人，不与我打一声招呼。虽然他们都认识我，但他们不愿在与庄稼的低语中，抽出时间去浪费表情。这使我感到我所生活着的大地并不是一个充满生机与温暖的绿洲，而是一座隔绝的孤岛。

　　我无疑是孤岛之外的另一座孤岛了。

　　我几乎是在看见那只蚂蚱的同时看见母亲的。饱满的麦穗在麦田里像火焰一样燃烧，大片的麦子随风倾倒。就在我要靠近麦田的时候，我的额头被一个弹丸般大小弹跳的东西刺伤。我用手摸了一下，有血。疼痛减轻了我先前的恐惧。当我确定自己是被一只蚂蚱腿上的锯齿所伤时，我看见那只蚂蚱已经蹦跳到了母亲的头发上。而此时的母亲正被一片麦子包围着，锋利的镰刀正在使一种事物趋向终结。汗水流到她的眼睛里，像我额头上被蚂蚱刺出的血。母亲似乎感觉到了头发上有异物停留，她举起手，朝头上一拍，那只伤害我的蚂蚱瞬间滚落在地，尸首异处。与此同时，我看见母亲粗糙的手掌被镰刀划得血迹斑斑。她和那只死去的蚂蚱都是被镰刀所伤——那镰刀长在她们的肉里。蚂蚱从母亲头上滚落时，我发现它那翅膀上的花纹竟然跟母亲额头上的皱纹一样美。只是，我不知道蚂蚱被母亲拍死的那刻，它的疼痛是否也跟母亲的皱纹一样深刻？我午睡后的恐惧终于被另一种恐惧所征服。

　　五月里的一个下午，我目睹了一只蚂蚱的悲伤；五月里的一个下午，我看见一种伤痛正在填满我们家空荡的粮仓。

通向黑夜的路

我从黑夜里醒来，月色清凉，周围静静的，蛙鸣如鼓。风把树的影子拖得很长，幽暗中像极了晃晃悠悠的鬼影。我清楚地看见自己走在一条陌生的道路上，我不知道自己要去哪里，好像是去远方找一个人，又像是去野外寻一样东西。总之，我已经踏上了一条通向黑夜的道路，我在路上遭遇或是目睹了一些奇奇怪怪的事情：

一个小孩子扮成大人的样子，腰间挂个竹篮，在一块焦干的荒地里挖土豆。苍老的面容模糊了他的年龄。他的手掌很锋利，像两把铁锹。一掌插进土里，地上即出现一个洞，而他总能从那些深黑的洞里掏出至少两个以上的土豆来，这使我感到惊讶。"你挖这么多土豆，吃得完吗？"我问他。他默不作声，对我的提问置若罔闻，只顾继续朝他的竹篮里放土豆，我看见他放进去的每个土豆，都是一块粗粝的石头。

天空中满是飞翔的人，像池塘里游动的鱼群，混乱无章，群龙无首，逃命似的拥挤。借助月光，我认出了其中的两个人，是我的父亲和母亲。"嘿，爸，妈，你们在干什么？玩游戏还是逃难？"我朝他们使劲喊。可没有谁愿意理睬我，他们乘着风势继续狂奔，朝着村庄以外的方向。整个村庄顷刻间变空了，唯剩下些破旧的瓦房、嘶鸣的牛羊、沉寂的坟堆。我在地上拼命追赶着飞逃的人群，突然间，我看见母亲和父亲从天空中掉了下来，我急忙跑过去想搀扶起他们，却发现掉下来的是两把锄头，它们深深地插在麦地里，纹丝未动。那是我父母在白天干完活后遗留下来的。

一个瞎子，应该是村西口的黄二爷，深更半夜跑去山坡上翻土。四野阒寂，整个坡地只剩下他的锄地声。突然，他停下不动了，坐在田坎上，从兜里掏出一支烟点燃，哭了起来。边哭边唠叨着什么，很伤心。哭了一会儿后，他又立起身，继续翻土，如此反复，无休无止。

我在道路上走着，不知道自己要到什么地方去。最终不知是受到一束光还是一场雨的惊吓，我脚下的道路瞬间消失了。那一刻，我才发现自己睡在床上，父母早就出门干活去了。

被风吹刮的黄昏

黄昏，狂风肆虐，我背着背篓走向山坡，我必须赶在天黑之前将空着的背篓填满。这场风已经刮了几天几夜了，以致我好多天都没有出门。父亲说："狗日的，风太狠，再这样吹，怕是要吹死人的。"母亲说："孩子，你不能就这么白白地在家耗时间，虽然风猛，你还是该上坡去干点事。"我知道，生为农人，就注定了我们的身上永远都会挂着个背篓。而我们活着的任务，就是随时随地都要想着将各自的背筐填满。

风从远处吹来，地上的尘土和草屑四处飞扬。凡风经过的地方，总会留下一些事物的痕迹，像是被某种力量摧毁后的废墟上出现的迹象。我想象着该用什么样的东西才能在最短时间内填满我肩上的背篓，而不至于等到天黑。我必须赶在天黑前回家。

事实上，我从家里出来走向山坡的时候，就看见了很多正在回家的动物：一只倦鸟绕树鸣叫，亲切地呼唤被风驱散的伴侣或者儿女归巢；蚂蚁排着整齐的队伍朝土丘上的泥洞里爬，像打靶回营的士兵，迎风迈步；几只山羊紧跟着牧羊人，像温顺的孩子，移动的影子闪现质朴的光亮；一条狗从山岗的背面跑出来，急急地朝家赶，它在经过我身边时停下来看了我几眼，目光充满狐疑。或许它认识我，想招呼一声问个好，又好像是要讥笑我竟然在天快黑时才上坡……

　　我不能走得太远，只能就近想想能把背篓填满的办法。我想到了割草，我在田间地头四下转悠，却发现根本就无草可割。这是冬天，百草枯萎，长势稍好的草早已被其他人先于我割去。于是，我又想到了拾柴，这也许是我填满背篓最有效的办法。我穿行于树巷丛林间，听风吹树响，看叶片乱飞。我搜寻得很仔细，试图拾到能填满我背篓的干柴。暮色四合，光线幽暗，天已经黑了，而我却未拾到一根干柴。所有的柴火均被风刮跑了，跟着柴火一起被风刮跑的还有地里的粮食。我找不到任何可以填满我背篓的东西，这使我沮丧。

　　我开始往家走，尽管我的背篓和出来时一样空。如果我再不回去，不但填不满自己的背篓，恐怕连回家的路也会因为黑夜而辨识不清。风继续吹，当我匆匆赶到家门口时，发现门是关着的，我大喊了几声："妈……爸……"无人回应。听人说他们是去外面找我了，可我总担心他们是被大风给刮跑了。风力巨大，无所不摧。我回转身，却看见屋前的一棵大树，立在风中岿然不动，顽强地抵抗着劲风的袭击。树干上，一只蜗牛驮着自己空亮而又沉重的外壳，紧紧地吸附着树皮，模样跟树一般苍老。

树中的老人

那是很多年以前了。

我披一身秋风，坐于一棵树下，静心沉思。残叶飘零，树是孤独的，我也是孤独的。

我第一次听见树的喘息声，很沉重。我绕着树转圈，观察着粗糙的树干，渴望聆听到更多关于一棵树的内心秘密。整整一个下午，我都在为一棵树的事冥思苦想。树给了我想象力不能抵达的深度。像我的爷爷，一个年逾八十的老人，成天坐在院坝里，自言自语，讲述他一生的经验和阅历。尽管爷爷把自己的一生都梳理得如此明白和透彻，可在我的眼中，他仍然是个谜。

我观察一棵树，实际是在寻找那棵树与爷爷相同的部分。

那个下午，我看到树枝上的黄叶是怎样一片一片坠地的，听见树的喘息是怎样一声一声变微弱的。遗憾的是，我始终没能进入一棵树的内心，就像我未能进入爷爷的内心。

时间静止，与我同样未能进入一棵树的内心的，是几只不知名的鸟儿。它们在树枝上蹦跳、高叫，将天地喊得苍凉。

我坐于一棵树下，体验了衰老，却与死亡无关。

雪花收藏的足迹

　　大雪飘飞，冻冰盈尺。田野上的路被积雪掩埋了，世界缩小为一个角落。没有人敢出门，寒冷使很多事物都受了伤。风呜呜地呜叫，从村庄的脊背上刮过。偶尔有一只鸟被狂风击落在地，几番挣扎，闭上了眼睛。

　　我肩披父亲穿过的一件破棉衣，用一块麻布裹住脸，顶着风雪，走在雪野上，摇摇晃晃。我是去找我的母亲，她在田野里干活。这么冷的天儿，我担心她多病的身体支撑不了。作为她的儿子，我有责任去喊她回家。虽然，我们那个四面透风的屋子并不比野外温暖多少。

　　我的脚印留在雪地里，像一串不规则的伤疤。平时熟悉的地方一下子变得陌生起来，我像一只迷失方向的野兔，到处乱撞，渴望能在不经意间找到我的母亲。四野空茫，我找寻了很久，都不见母亲的身影。我凭借记忆，跑遍了属于我们家的那几块田地，收获的只有失望和惆怅。

　　母亲会不会化成雪水流走了？我这样想。

　　瞬间，我就否定了自己的猜测——我的母亲是耐寒的，她心中囤积的冰雪不见得比野地上的少。

　　风从棉衣的破洞里钻进来，咬得我的肌肤生疼。渐渐地，我的腿失去了知觉，挪不开步。天黑下来，大地安静。那夜，我没有找到回家的路，我迷路了。我最终也没能找到母亲，她失踪了。

　　当我在雪地里焦急地寻找母亲的时候，母亲也在以同样的方式寻找我的下落。

深巷中的疼痛

除夕下午，我从家里跑出来，到了一个小镇上。杂货店的门框上贴上了春联，灯笼高挂在街道两旁的树枝上，透出喜庆和吉祥。所有人都在忙着准备年夜饭。肉香弥漫，爆竹炸响，年的味道是越来越浓了。

我不想打扰任何人的雅兴，我走进一条深巷里，把自己藏起来。我是一个被节日遗弃的边缘者，快乐与我无缘。我穿梭于小镇上纵横交错的巷道中，像在迷宫里游荡。巷道寂静，喧嚣在别处。我采取了很多消磨时间的办法：我捡起地上的干树枝去掏墙缝里还处于冬眠状态的虫子，用小石子在墙壁上乱涂乱画，蹲在墙角打盹……我尽量不去聆听小镇上各家各户吃年夜饭的欢笑声，不去幻想得了压岁钱的孩子们的复杂心情。我的孤独保护了我的尊严。

我继续在巷道里转悠，像一个患梦游症的人。突然，我发现身后跟着一条狗。我走到哪里，它跟到哪里，好像我们都是除夕的局外人。我将那条狗视为我精神上的伴侣，这使我内心温暖。我想：能够与一条狗共贺新岁，也是幸福的。但没过多久，我就发现了事实的破绽。那条狗并不是为同情我，给我做伴，而是希望从我这里得到食物。它跟了我好一会儿，也许是不耐烦了，也许是看穿了我的狼狈，就停下来，狂吠。然后，发威似的向我冲过来，朝我的左腿咬了一口。然后，摇着尾巴，逃跑了。眼神充满仇恨。

那天晚上，当别人正守岁的时候，我守住了自己的疼痛。

我一直在巷道里蹲着，夜是黑色的，记忆也是黑色的。也不知过了多久，大概是节日的兴奋点已过，狂欢的人们都入睡了，世界重新恢复宁静，我才拖着疼痛的腿蹒跚回家。

我原以为父亲会出来找我。没想到，他却独自坐在屋檐下抽闷烟，偶尔抬起头，望一望天空中别人燃放的烟花，又重新装上一锅烟丝，点燃，猛抽。咳嗽声惊扰了正坐在屋内缝补破衣服的母亲。我从父亲身边走过时，他非但没有问我去了哪里，反而对我视而不见。

看得出，他比我还要空虚。

裸露的忧伤

夕阳暗淡，风惹流云。我静坐在河岸边，看一条被岁月搁浅于沙滩上的船。

那条船已经破烂，船身上裸露的铁钉锈迹斑斑。唯有那沉重的船头依然昂扬，仿佛在回味曾经搏击风浪的豪情。我凝视着那条船，像欣赏一幅画，又像在观察一条生命的变迁和困惑。

在那个平静的午后，我坐在河边，面对一条船，面对了一种软弱。

这种软弱不只来自那条已经破烂的船，更来自一个像那条船一样沧桑的老人。

那个老人就坐在离我不远的地方，他应该比我先来到河边。整整一个午后，他也在凝视着那条船，神情比我更专注，内心充满忧伤。

他是那条船的主人。

老人应该是看见我了，但他根本就不把目光注视在我的身上。他的眼里只有那条船，他们的生命是一体的。当一条曾与它的主人风雨同行的船在时间的磨砺中，不再乘风破浪，而变得衰败残朽时，它主人内心的创伤绝不比船本身的伤痕更少疼痛。

在那个平静的午后，我坐在河边，面对一条船，说不出我的苦恼。

那个老人也说不出他的苦恼。他在那条破船旁徘徊、流连，颤抖的手抚摸着船头，不安散布于一切中。良久，他转身，披着夕阳的金辉，走向了河面……

　　在那个平静的午后，我坐在河边，面对一条船，面对了一种死亡。

　　我本来是要扑向河里去救那个老人的，没想到老人却把我救了上来。我躺在河滩上，处于深度昏迷状态，模样像极了那个绝望的老人，更像那条被岁月搁浅于沙滩上的船。

醉酒的月亮

后院阒寂，蝈蝈的低吟在暗夜里流窜，像夜在叹息。我和父亲坐在粗糙的石桌旁喝酒。间或有夜风吹来，酒香随风弥漫，父亲和我都有些醉了。父亲说："你还年轻，不应该喝那么多酒，不然身子会吃亏的。"而他自己却喝得非常多，已经到了无酒即不能活的地步，这使我感到哀伤。

我一直坚信，是酒拯救了我的父亲，也拯救了我。父亲喝酒缘于我的忧伤，而我喝酒完全是因为父亲的痛苦。这种相互的同情和怜悯，竟然使一对原本滴酒不沾的父子，一个变得嗜酒如命，一个变得恋酒成癖。我清晰地储存了和父亲从尝酒到嗜酒的过程：

最初，父亲为设法让我与其他孩子一样，享有上学受教育的机会而不被辍学务农，他在每天超强度的劳动后，躲到后院的桂树底下开始喝酒，直到把自己喝得像一个濒临死亡的人。我不想看到父亲为了我而不堪肉体和精神的双重折磨，也学会了喝酒，借以自我麻痹。

后来，父亲为了替我物色对象，在四处托人受辱的委屈下，开始疯狂地灌酒，直到将头上的青丝烧成了白发。我不想看到父亲整天为了我的私事而痛不欲生，无奈中便大量饮酒，借以浇愁，聊以自慰。

再后来，父亲为了不增加我的负担，让我安心打拼自己的事业，每天都孤寂地隐在村里的茅屋里，闭门喝酒，抵御难耐的落寞。我在异乡的孤旅中因想念父亲而不得见，便每晚一个人躲进陋室偷偷地喝酒，借以抗拒泪水从眼角滑落。

父亲的身体是一个盛酒的坛子，里面装满了我的痛苦。

我的身体是一个盛酒的杯子，里面斟满了父亲的忧伤。

夜已经很深了，石桌上酒瓶中的酒早被我和父亲喝光。村子里所有人都睡着了，只有父亲和我还醒着，喋喋不休地继续探讨着酒中的故事。母亲从屋里举烛而出，愤怒地说："瞧你俩没出息的酒鬼，月亮都被你们喝瘦了，还不晓得回笼睡觉。"我抬头望天，月亮的确比先前瘦了，像我父亲弯身如柴的脊背。我想，月亮瘦了，肯定不是因为生病，而是太阳正在受难——它们历来血脉相连。

时光隧道

那条巷道一直都静卧在那里，像一条收藏时光的隧道，等待着我去穿越。早上，我去上班，从它的这端走到那端。傍晚，我下班回来，又从它的那端走到这端。多年来，我就这样在一条巷道里穿来穿去，把自己的人生拉扯成一根简单的线条。我第一次穿过这条巷道时，很害怕。我总担心那不是一条巷道，而是一处通向无限的陷阱。它会把我引向某个荒野，或者孤岛。让我永远找不到回家的路，像一个游魂，即使死后都背负着寻根的沉重。但走的次数多了，我也就减少了疑虑。我知道这条巷道不会将我弄丢，只会给我被保护的安全感。有时，我心情不好，就想在巷道里把自己藏起来，消失掉。但无论我采取何种方式，都不奏效。今天，我从巷道的这头消失；明天，就会在巷道的那头出现。消失和出现，我经历着死亡和复活。遗憾的是，我消失的时候很年轻，再出现的时候却变得苍老。这是生存的悖论，也是命运的和谐。

多年来，我就这样在一条巷道里穿来穿去。我遇到了很多相识的、不相识的人。有一个小孩，我遇到他时他还在念小学。我每天上班时他去上学，我下班时他放学。我们从同一条巷道里穿过，却从来没有说一句话，彼此都沉默着。直到某一天，他突然从这条巷道中消失了。他已长大，去了远方。开始去穿越另一条巷道去了。我很惊讶，这么多年，我们都在同一条巷道中进出，怎么可能没有相互说说话呢？或许，是我们早已在穿越巷道的无语中完成了心灵的交流吧！有一个老人，大概喜欢遛鸟。我遇到他的时候，他总是提着一个鸟笼。我上班从巷道口进去，他遛完鸟从巷道口出来。我们是两个方向相反的人。我们每次邂逅时，他都要认真地打量我一番，我也会仔细地审视他，仿佛我们认识，最后又摇摇头各走各的道。还有一个少女，我经常在下班穿过巷道时遇见她。人长得清纯，却流露出一缕忧郁。她每天都在一个固定的时间出现，好像专门为了等我。很多次，我都想请她讲讲她的故事。我相信她一定是个有故事的人。一个经常穿越巷道的人怎么可能没有故事呢？但很快我就发现自己的想法多么无聊。

　　我一直在一条巷道里穿来穿去。我遇到了很多相识的、不相识的人。

　　我一直在一条巷道里穿来穿去。我其实谁都没有遇见，我遇见的只有自己的影子和从我身体里逃跑的灵魂。

三次进城

第一次进城，爷爷牵着我，开始认识生活，我就迷路了。跟我一起迷路的，还有一篮子鸡蛋。那时，我便知道了，我的世界只有一个村庄。就像一只鸡，只能将蛋下在一个草堆里。从此，我也就长大了。

第二次进城，父亲送我到车站，行囊里裹着母亲的泪水，走入了社会这所塑造命运的学堂。跟我一起进城的，还有一双布鞋。那时，我的生活有一半属于城市。布鞋永远跟不上皮鞋走路的速度。从此，我学会了流浪。

第三次进城，我搀扶着爷爷，走了一辈子路的他，也迷路了。虽然，他年轻时走南闯北，直到年老才醒悟：自己熟悉的只有一根田坎，田坎上的几道拐、几个坑、几洼水。因此，才把飞奔的汽车当作一只鸡去亲近，结果"鸡飞蛋打"。从此，我也就老了。

荒　园　子

　　一个人走不动的时候，路就变得短了。上坡啃食青草的山羊，也不再出行，只需留守家园，细嚼被岁月拉长的胡须——充饥。

　　一个人走不动的时候，人就变得小了。学会蹲在一块荒园子里，跟一群过往的蚂蚁游戏，并献出身上松懈的皮肉，做一顿最美也是最后的晚餐——赈灾。

　　风在远处叹息。肚皮胀得突鼓的蚂蚁，借着一根朽坏的骨头，在里面建了一个温暖的巢——躲雨。

油　　灯

　　一盏油灯，拨亮满天繁星。土屋的墙壁上，爬满了萤火虫的光影。屋角的木柜上，一台老式黑白电视机正在上演一场新世纪的悲情剧。哭哭啼啼，没有观众。

　　人的注意力，停留在一双沧桑的手上。那双手凭借一枚锃亮的钢针，缝补逝去年代里的事情。记忆像燃烧的火苗，被徐徐拉长。一个孩子看见父亲的年龄，与他一样小。然后，在故事中睡着了。

　　那盏油灯就这么燃了许多年，时间的罡风也没能把它吹灭。电视里的故事重复着播了很多遍，上演了又落幕，落幕了又上演。而孩子的故事才刚刚开始。

吹口琴的老人

　　一个吹口琴的老人从街边走过，赶路的行人步履匆匆。没人能听懂他吹奏的旋律，人类对疯子充满厌倦。光把他的影子拉得很长，在一个午后，像一柄剑，击穿内心的独白。

　　口琴有些陈旧了，边沿已经掉色。老人颤抖的手指掌控着口琴的节奏，曲调似断腿的蚂蚱，口琴在蜡黄的脸上翘趄着舞蹈。老人神情专注的样子，像一部老电影里的某个情节。

　　老人每走过一个地方，就留下一个问号和叹号。把一个无聊的下午，分隔成多个片段。记忆粉碎了，生活苍老着。老人走过的道路，铺满哀伤的夕阳，在诉说往事。

　　黄昏降临，赶路的行人依旧步履匆忙。

炉　　火

炉火燃得很旺，跳荡的火苗，像小孩子不安分的心，在一间简陋的茅舍里左腾右摆。暖红的火光将屋内的每个角落映得通红，烘托出温馨的氛围。寒风在窗外肆意地走动，把一个沉寂的冬天搅扰得坐卧不宁。

老大妈打着盘腿，静坐于床上，纳鞋垫的手指有节律地变动着。时间在她的针尖上游走，一年的往事也被她缝进了密实的针脚里，牢不可破。就像把一些生活的秘密，收藏进记忆的匣子，储藏过冬。老爷子一辈子也离不开他那杆烟筒，闪动的火星随着他嘴唇的翕动时隐时现，袅袅蓝烟宛如他繁复的思绪，错综交绕。烟筒的历史即他人生的历史，回忆使他变得沉默寡言，且又意味深远。儿子、儿媳似乎也无事可做，双手相牵侧坐于炉火旁，窃窃私语，共话家常。炉火在他们的轻声软语中越燃越旺，他们的心情仿佛炉火的温度，炽烈而张狂。梦想朝着时间奔跑的方向，开始不知不觉在他们的目光中向前延伸。只有那个顽皮的小孩，好似耐不住寂寞，睁圆的双眼一直盯着火炉上那锅"咕咕"冒着热气的羊肉上，口水沿着他娇小的嘴角往下淌，像从树叶上滴下的水珠。而他那条早已经受不住肉香诱惑的舌头，正绕着锅沿做着虚幻的品尝。生活的滋味暗地里已将一颗灵动的心陶醉并俘获。

夜渐渐深了，屋子里越来越温暖，窗外不知什么时候响起了噼里啪啦的爆竹声。而此刻的炉火也越燃越欢快，似乎还跳起了舞蹈。

年的气息在炉火欢快的舞蹈中悄悄地来临了。

归　乡

山路还是离开时的那条山路，没有变，变的是归乡人的心情；村庄还是原来的村庄，没有变，变的是归乡人的年轮。

多年没有回家了，岁月改变了人或物的记忆。这些年，漂泊迁徙的生活使他们错把异乡当故地，并强迫自己掩藏起说了大半生的方言，用心去学会另一种属于别人的话语词汇。为了证明自己的存在，他们一直过着隐姓埋名的生活，像一只只不知疲倦的蚂蚁，爬行在城市的边沿角隅，搬运着憧憬和面包。有时，他们也会想家，想家的时候，就抬头看看夜空中的月亮，或者面朝家的方向，嗅嗅从家乡吹刮而来的晚风，抑或偷偷地躲进窝棚，抚摸自己指甲缝里夹带的故乡的泥土，潸然泪下。

现在，他们终于走在了回家的路上，腿脚就像复苏的春草，充满了劲头。田野、杂草、虫鸣似乎都还认得他们，以各种不同的方式在向他们表示问候和致敬。而他们无疑全都是喜悦和幸福的，他们在想，整个村庄的人应该都在以惊奇的目光注视着自己的归来吧，毕竟，他们是去过大城市见过大世面的人，这是他们的父辈做梦也实现不了的事。尽管，他们至今还未弄明白什么是城市，什么叫时尚，咖啡是什么味道，自己又为什么被人叫作民工。

想象伴随他们的激情在燃烧。他们一边走，一边想，自己离开家的这些日子，村里该有哪些变化，谁家多了一个人或者少了一个人；儿子长高了还是瘦了；父母是比以前精干了，还是头上增了白发，眼角多了皱纹……

大概是因了年关，村里明显比平常更加净朗、喜庆了。不知不觉，他们已经听见了自家院墙外的狗吠声，狗是第一个跑来迎接他们归家的亲人。狗熟悉他们的方言，宛如他们熟悉狗吠声所暗藏的语义。他们的声音是一组共同的韵母。

在狗吠声的热情招呼下，漂泊多年的游子，终于到家了。

年 夜 饭

　　感动随着桌上肉香的气息袅袅升腾，温情一如那张年代久远的八仙桌所反射出的暗红光泽，动人肺腑。全家老幼围桌而坐，极似时间之手画下的一个句号，把一个岁末时刻定格成永恒。

　　饭菜虽谈不上丰盛，但已不再是平素的简单。每一道菜都浓缩着对一年来生活的清算和总结，酸甜参半，甘苦共分。筷子与筷子的触碰传递着心与心的交流，所有的祝福、一切的心愿都抛洒进了酒碗里，让这烈性的灼烫之物通过咽喉融入血液，跟随自己的生命一起律动。

　　这是一年的最后一晚，每个人脸上的表情都显得平静而虔诚。岁月倥偬，物换星移，该忘掉的全忘掉，该铭记的且铭记。一顿团聚的晚餐也是一次告别年轮的纪念。因此，每一个人都吃得那样的慢，像在穿行一个梦境。一张一翕的嘴唇，似在咀嚼过往日子的细节，又似在品咂生活的意味——惆怅、茫然、温存、淡香……

　　夜更深了，时间在渐渐靠近午夜零点，新一年来临的脚步声已然在门外响起。桌上的人好似都有了几分醉意，大家相视无语，全在屏气凝神等候一个崭新日子的到来。而那条一直蹲坐在桌下的大黄狗，在饱餐了主人投下的年夜饭后，依旧岿然不动，看样子，它是铁了心要为辛劳了一年的主人们守一个平安岁。

爬上门楣的春讯

春天总是最先在农宅的门楣上露出征兆，它潜藏在那些具有传统文化内蕴且刚正挺拔的方块汉字里。就像一个害羞的乡村姑娘，躲在某扇窗子背后，闪动着水灵大眼，探望远处田野上草色的变化，聆听窗外树枝上百灵鸟婉转的鸣唱。

"天增岁月人增寿，春满乾坤福满门""屋后竹梅含瑞露，门前桃李笑春风""幸福洪福家家福，新春长春处处春"……

每一个词汇都代表着一种祈望，每一个句子都寄予着一次祝福。老年人从中看到了晚年流动的平安和康健，壮年人从中窥到了生活洋溢的蓬勃和愿望，少年人从中感到了骨节蹿升的猛劲和力量。

春临人间，天降吉瑞，万物一派祥和。

是春的手指叩开了候春的大门，还是人的心灵敞开了迎春的门扉？

祭　　祖

　　大红蜡烛插于祭案，青烟缭绕。燃烧的纸钱是一种倾诉。心语心愿，复杂的泪珠在眼眶中滚动。记忆复活，连接天堂的路上出现了多少先祖的背影。回归的人尚在回归的路上。

　　祈祷。鞠躬。磕头。女人站在男人的身后，小孩跟在大人的身后。时间慢下来，酒瓶里的酒倒出一杯又一杯。过年了，先祖们也应该喝个痛快。不要怕醉，不要怕再丢一次魂。倘若阎王爷看到了你后人的孝道和忠诚，是不会治罪于你，判你个贪恋人间烟火之罪的。

　　祭祖的人心里默默絮叨着，好些话早就想说了，只因机缘不到，就一直没开口。这下好了，凭借年关的节庆，把想说的话都讲给先祖听听。他们讲得最多的自然是感谢，感谢在先祖的保佑下，自己才能把一个小家庭经营得煞是温馨；猪壮得像头牛；孩子整天活蹦乱跳，活泼天真；老妈妈坐在树荫下看云朵，内心感念着晚年的福音；妻子呢，嘴馋得很，天天吵着吃肉，说鸡蛋吃多了烧心……

　　燃烧的纸钱渐渐熄灭了。先祖们忙着回去了。临走前，他们好似还说了点什么。大红蜡烛闪跳的火光即先祖们道别的语言。先祖们都说了些什么呢？只有祭祖的人自己知道。他们乐滋滋地收拾起杯盘供果，回屋了。

　　祭祖的人相信，有了先祖在暗中保佑着自己，自己今后的人生就一定会过得如一块铁——硬邦邦、亮铮铮。

驼背爷爷

爷爷的胡须很长，像我对他的回忆。

胡须长在他的脸上，宛如麦子生长于麦田。麦子从泥土里发芽，胡须从他心上抽穗。

爷爷的脸是一块方田，不种庄稼，却能收获大米、食盐……

小时候，我爱趴在爷爷背上骑马马。爷爷的背，是古老的乡村，月光一样温柔。

我忽略了爷爷爬行的姿势，在他背上唱童谣。童谣从他背上滚落，像晶亮的月光。爷爷见我很快乐，他也跟着笑。

后来，我长大了。爷爷的背一直驼着。

我问："爷爷，你的背是被我小时候压驼的吗？"他笑笑，笑得像春天盛开的木棉花。

"你哪有那本事，我的背，你爸爸还骑过……"

这么说，爷爷那羸弱的脊背，是一块沃土？我在上面生长过，父亲也在上面生长过。

爷爷走的时候，他的背也一直驼着。

爷爷的背，驮过父亲，驮过我，还驮过沉重的生活和命运。

爷爷的背，驼与直，都是一条路，一条遍布伤痕却又绵延希望之路。

针线兜与摇篮

奶奶的针线兜，是一个摇篮。

摇篮里盛满故事，盛满夜间的烛火。

奶奶一生都在缝缝补补，而她这辈子的生活，坎坷、幽暗，琐碎得像针头线脑。

爷爷在时，她用破败的棉絮替他缝夹袄。奶奶缝的夹袄很耐磨，爷爷直到死，都没穿烂，像他们的婚姻一样牢固。

爷爷走后，奶奶将爷爷穿过的夹袄改成夹裤，留给父亲。冬天，寒风呼啸，夹裤替父亲挡住风寒。父亲不疼，我们的家就不疼。

我自幼多病，五岁那年，奶奶替我缝制了一双老虎鞋。奶奶说："我送你一对老虎，驱灾辟邪，护佑你慢慢生长。"

可等我长大了，奶奶再也不能做针线活儿了。她的眼睛已看不到针孔，也看不到光亮。

奶奶老了，陪伴她一生的针却越来越硬、越来越亮。

那根针呵，那根细小、尖锐的针，透过岁月，刺瞎了奶奶的眼，刺进了她的生命。

奶奶的一生充满疼痛。

奶奶是在一个月夜走的。月光从窗棂照进来，照在她的脸上，很安详。奶奶的脸上，有太多的裂口。那些裂口，她用针线缝了一辈子，也没能把那些伤口缝合。

父亲的心事

父亲放心不下他肩上扛着的那把锄头，像放心不下母亲，放心不下我。

父亲这辈子，有太多他放心不下的东西。

田里的麦子，他是每天都要去看的。他担心那些讨厌的虫子，会在暗夜里分享他的劳动成果，占了便宜，还四处唱赞歌。父亲的心很慈善，明知那些虫子会偷吃粮食，他也不喷洒农药。每天就那样在田边干守着，他说："生长于暗中的动物，都是可怜的。"

屋檐下的那条狗，跟随父亲很多年了。他也不放狗出去见见世面，颈项上总给人家拴条粗粗的铁链子。父亲说："世界太繁杂，现今的人，得罪不起。狗再好也是畜生，放它出去咬了人就闯祸了。若咬的是穷人，别人会骂它狗仗人势；若咬的是富人，会被骂疯狗不说，人家肯定找上门来，狠咬你一嘴。要真碰上这样的事，我这张老脸往哪儿搁。被狗咬，痛一时；被人咬，痛一世。"

父亲还放心不下村庄。没事的时候，他就扛把锄头，去铲荒地上疯狂生长的野草。他怕有一天野草淹没村庄，他必须替那些离家的人守住一个家园，哪怕是精神家园也好。

父亲有时也放心不下城市。他说："城市里的人那么多，无地可耕，无田可种。既不生长麦子，又不生长大米，那些人会不会有一天坐吃山空？"

　　父亲的担心，遭到很多人嘲笑。从城里念大学回村的侄儿说："大伯，城里人早就不吃大米了，人家喝牛奶、吃海鲜，你在杞人忧天。"

　　父亲不懂"杞人忧天"这个词。他沉默半晌，说："我就不信没了土地能活命。"

　　这个世界上，有太多的东西，父亲都放心不下。

　　父亲放心不下的东西，最终，全成了我放心不下的东西。

大地母亲

我一直在回忆母亲的样子，像回忆养育我的那片土地。

每天清晨，母亲都很早起床。当她起床的时候，整个村庄还在沉睡。母亲这一生，习惯了走在生活的前面。就像雪，最早感知寒冷。母亲是迎接日出最多的人，可她从来不知道，日出是什么样子。日出时，母亲正在担水、劈柴、挑粪、烧火，为她上学的孩子准备早饭。

迎接日出最多的人，最先被太阳晒老。

我是顺着母亲额头上的皱纹来到这个世界的，那些皱纹，多像我童年爬过的山路，曲曲折折，遍布荆棘榛莽。山路上的每一个脚印，都是一道伤，滴着母亲的血。

母亲这辈子，走过很多泥泞路，碰过很多壁，忍受过太多的风雨、黑暗和委屈。这些，母亲都不曾怕过、不曾哭过。再难走的路，母亲都走过来了。再贫瘠的土地，母亲也能种植出玉米和高粱……

但有一天，母亲哭了。她趴在村庄的脊背上，泪流成河。母亲的伤痛，不因为贫穷，而是比贫穷更可怕的空虚和惶恐。母亲说，她做了个梦，梦见偌大一个村庄，成了她一个人的坟墓。

母亲，我多灾多难的母亲呵，你为何直到暮年，还走不出自己灵魂的孤独呢？

母亲的孤独，是乡村的孤独。

母亲的痛，是乡村的痛。

母亲的模样，是乡村的模样。

生活遗忘者

表弟中考落榜后，他的整个天空就坍塌了。

泪水像一场雨，淹没了他的青春和幸福。

那段日子，表弟躲在后山的洞穴里，像只生病的小老鼠，绝望使他恨不得趴在村庄的脊背上死去。

表弟遗忘了生活，但生活仍在继续。

后来，当表弟像一条冬眠的虫子，沉默一个冬天过后，阳光又重新回到他的心上。尽管，被阳光照耀的表弟并不感觉到温暖。

但表弟到底可以坦然地面对生活和命运了。

跟父母吵过架之后，表弟只身去了贵阳学木工。

表弟走后，就再也没有消息。他的父母整天以泪洗面，他们少了一个儿子，多了一份内疚。

多年后的一个下午，野菊花开满了山坡。表弟裸露着伤口，出现在村里的山路上，风从他的伤口钻进钻出。

表弟回来的时候，村里的人都不认得他了。他只剩一副骨架，像秋收过后的大地。

我俩站在一起，人们都说，我是表弟，他是表哥。

没人知道，表弟失踪的这些年，都经历了些什么。

表弟是个卑贱者，在残酷的现实面前，他早已丧失了发问乃至陈述的权利。

呓 语 者

一

干活累了，我躺在一个稻草堆上，想歇一歇。可一躺下，我就睡着了，这是个意外。大地上每时每刻都在发生着意外，不是吗？一柄铁叉被我插进土里是个意外，一片茅草叶割破了我的手指是个意外，我撒在地上的一泡尿淹死了一只蚂蚁是个意外，一个人的出生更是个意外……

我躺在稻草堆上睡着后，做了一个长长的梦。

这是意外之外的意外。

二

我身子压着的稻草，是被我手上握着的镰刀割倒的。

我手上握着的镰刀，是被我放在院门口的那块石头磨亮的。

石头一天天凹下去，镰刀一天天亮起来。

田里的稻子越割越少，我额头的皱纹越积越多。

我收割着庄稼，岁月收割着我。

稻草和我，都是时间的遗物。

三

一堆稻草有多大的承受力？只有我的身体知道。我的身体有多大的承受力？只有沉默的土地知道。

稻草被割倒了，就不能再立起来。可我的身体躺下了，必须得再爬起来。我要在那块割光了稻子的田里重新种出稻子来，我还活着呢，我不能一次就把自己一辈子该干的事干完了。我的生命不只是属于我的，它同时还属于我家里的一头牛和一只羊。

一阵风刮来，把我从稻草堆上掀翻在地，疼痛再一次如疲累般将我掩埋。

我的身体和稻草一样脆弱。

四

稻草，一堆静物，画家眼中的色彩，诗人心中的情愫。然而，在我的记忆里，它却是一张幻想未来的温床，一个隐藏仇恨的暗洞。

不知从何时开始，我习惯在草堆上静坐，心事折磨着我。月光笼罩着草堆，也笼罩着我青春期的迷茫。思念一个人，对方却不明白你的忧伤。于是，草堆上便结出了一个个心结，每一个结都是一把锁，锁住了我的羞涩，也锁住了我的伤口。

躺在草堆上，我看见自己的命运随着草堆的下沉越陷越深。稻草被太阳晒过，我也被太阳晒过；稻草被雨水淋过，我也被雨水淋过。被日晒雨淋后的稻草最终腐烂了，却把精气留在了田地里，滋养着下一季稻子的萌生。

那么，我呢？我成了一个稻草人。

五

如果不是我强行将田里的稻子割倒，稻子是不会成为稻草堆的，是我改变了它们的命运。既然我改变不了自己的命运，改变稻子的命运总可以吧！稻子是不会反抗的。稻谷被我收进粮仓，就算它发霉了，也还是我的。至于稻草嘛，就拿来给我垫背吧。我身上的苦，也让它来替我背！

稻草无言。我躺在稻草堆上，压抑得喘不过气来。我仍然没有逃脱自己的命运。

稻草堆让我看清了自己的渺小和悲哀。

六

我从稻草堆上醒来，发现周围站了一大圈的人。有的肩扛锄头，有的头戴草帽，有的挑着箩筐，所有人都朝着我指指点点。我害怕，不知道发生了什么事。当我欲开口询问时，他们却风一样四散开去，做他们该做的事情去了。

我再次成了一个孤独的人。

我想，他们之所以议论我，不外乎两种可能：

第一，我是村子里最快乐的人。

第二，我已经死了。

七

我开始怀疑自己的过去，像怀疑我身下的稻草是否生长于田地。多年来，我躺在稻草堆上的时间比躺在床上的时间多，这说明，我劳动的时间比做梦的时间少。我比村子里其他人懒散，却比村子里任何人都累。我不知道自己的累从何而来，这种累根植在我的身体内部，我看不见。

我躺着的稻草堆也许看见了，但它不说话。

因此，我的累就成了一个秘密、一种必然。

八

我躺在稻草堆上，从一个秋天到一个夏天，从一个冬天到一个春天，我一次次死去，又一次次复活。

云朵在蓝天上，从东边移到西边，又从西边移到东边。而我却遗忘了回家的路，就像遗忘了生长、遗忘了梦想。

躺在稻草堆上，时间慢下来，我的人生也慢下来。

九

比我更喜欢稻草堆的是一窝老鼠，它们比我更早地迷恋上了稻草堆。当我躺在稻草堆上做梦的时候，它们已经躲在里面生儿育女多年。

稻草堆——乡村的图腾，一窝老鼠的宫殿，一个呓语者的安乐窝。稻草堆在村庄之中，村庄在稻草堆之外。我和那窝老鼠，是村庄的局外者。

一阵风刮过。

一个玩火的小男孩经过。

不知是风借走了小男孩手中的火种，还是小男孩手中的火种借助了风的力量。总之，在一个黄昏，村庄里的稻草堆在熊熊大火中化为灰烬。

　　作为那场劫难中的幸存者，当我从烈烈火光中逃出来时，我嗅到了烤老鼠肉的香味，我看到了自己的灵魂化作一缕青烟飘向了远方。

　　劫后余生的我不再是我，我是村庄里的每一个人。

十

　　稻草堆没有了，我回到了床上睡觉。干活累了的时候，也不再休息。我的田地里种满了稻子，却从此少了稻草堆。

　　最让我弄不明白的是，当我不再依赖稻草堆的时候，村庄里其他人都在各自的田地里堆起了更多的稻草堆，他们在其中换来换去地睡觉。白天睡，夜晚也睡。

　　曾经，当我躺在稻草堆上睡觉时，他们都在没命地干活。一边干活，一边议论我。

　　现在，当我在地里没命地干活的时候，他们却躺在稻草堆上睡觉。

　　他们睡就让他们睡去吧，我不会去议论他们。反正，我不再需要稻草堆。即使我在干活的时候真的累了，也可以选择在泥土上躺一躺，甚至，爬到一棵树上去打个盹，也绝不会躺在一个稻草堆上睡一觉。

　　除非，我的心中长满荒草。

消失的事物

父亲的烟锅燃着陈年的火星，母亲的背篓装着时间的干柴；牛背上爬满嗜血的蝇虫，羊羔在枯草的尖叶上吸奶；炊烟在傍晚呼喊黎明，农具在墙上守候春天……

故乡的事物，一次又一次让我这个游子心寒。

村头的那口池塘，水越来越浅，像我的记忆在遗忘我的母语。几只野鸭站在岸边，仿佛几个孩童望着苦涩的童年和孤独的幸福。

良田荒草萋萋，锄头的残骸在地底寻找前世的主人。五谷早已远离太阳和暖风。几个老人，弯着卑微的身子，在捡拾荒年遗落的种子和旷世的忧伤。

他们是大地最后的亲人。

房子已经空了。朽坏的梁柱是老人的肋骨。雨水从残破的屋顶漏下，一队蚂蚁正在墙缝中搬家，像一个个逃难的人……

故乡许许多多的事物，就这样消失在活命的路上。

故　园

　　下午三四点钟的时候，我在故乡的山路上散步，寻找走失的青春。路的一头，连着我出生的茅屋。茅屋里，装着太阳和月亮，还有我童年的梦想。

　　山坡上的庄稼收割了。粮仓里藏满了疼痛。每一粒麦子，都是我祖先的信物。我幼年爬过的那棵树又老了许多，它的年轮上，刻着吴氏的族谱。树的根须是我身体上放大的毛细血管，血管里流着的不是血，而是贫穷和苦难。

　　风穿过树林，穿过我的前世和今生。大地上烙满我踟蹰的脚印，每一个脚印都是我心上的疤痕，那是一种挥之不去的旷世哀愁。那哀愁是我父辈的，也是土地的。像一片乌云或一片阴影，飘荡在命运的天空。一旦降雨，就是一场灾难。

　　爱和苦把我锻打成人。

　　我不想用凭吊的眼光来审视我的故乡，但现实总是让我处处碰壁。河流正在消失，花朵正在远离花期，候鸟正在迁徙，荒草正在淹没墓碑……

　　我的故乡正在沦陷，乡村已是一处遗址。

　　我终于成了一个无家可归的人。

　　我一个人在故乡的废墟上行走。我试图用我仅存的天真和脆弱的爱，在那荆棘丛生的遗址上，找到我降生于世的来处——我的悲悯，我的灵魂。

　　可我每走一步呵，都泪流满面。

雨或倾斜的建筑工地

　　雨打湿了报纸上的新闻，一座城市的秩序从此混乱。风沿街奔跑，落叶是最后的疼痛。一个流浪歌手，站在路边唱《白天不懂夜的黑》，嘶哑的嗓音在嘲笑生活的老谋深算。雨中的车辆呼啸而过，奔逃的人们不知去向。天地之间越来越冷漠，稀薄的空气已经承载不起云层的重量。阳光走失很久了，现在还没找到回家的路。一个异乡的打工仔，站在废墟上，目光锈迹斑斑。他看见五岁的儿子正穿过妻子的泪水，抵达故乡，又像在传递家中老母亲去世的噩耗。雨在雨的记忆里，血流成河。

　　天空倾斜，建筑物的影子是心灵的暗伤。叠垒的钢架是肉体腐烂后遗留的墓碑，几个孤独的建筑匠，第一次爬上了别人的高度，回首看到了自己的深渊——疲惫的身躯悬挂在半空，家园在距离之外荒草蓬勃、粮仓空乏。响雷的咳嗽是伤口的呐喊，急雨成灾。想要回家其实也挺容易，一滚而下，灵魂便得到了永恒的皈依。

　　雨打湿了报纸上的新闻。

　　雨在雨的记忆里血流成河。

　　孤独的建筑匠爬在自己的骨架上，喃喃自语："这场雨与我们无关，这场雨阴魂不散。"

一个人的子夜

　　子夜时分，想要通过出逃来治疗自己的失眠是不容易的。疾病躲在我的骨骼里长成了一个忧郁的少年，他脸上的青春痘是我躯体上的老年斑。是什么使我走在世界的边缘，惊慌失措？

　　天桥瘦了，夜很疲惫。

　　我在失眠里看到更多失眠的人——年轻的风尘女摘下盛开于心尖上的玫瑰，等待献给从城市的巢穴里飞出觅食的夜莺；乞丐的双腿是生存的矛盾，以跪的形式求取站的尊严，残破的碗里落满了月亮的赃物；三五个晚归的民工扛着时间的修辞懒散而过，本该放松的身体却显得更加沉重，疼痛是幸福的孤岛；一个诗人靠在天桥的栏杆上借酒装疯，企图能在他人的伤口上挖掘出诗歌的素材，经过高度的艺术加工后，创作出优美或伟大的诗篇以卖钱扬名、养家糊口……

　　子夜时分的天桥上。疾病躲在我的骨骼里长成了一个忧郁的少年，我在世界的边缘惊慌失措。作为子夜里唯一的局外人，我在深度的失眠里死了，又重新活过来。

　　天桥瘦了，夜很疲惫。

异乡车站

　　清晨，异乡车站，等车的人是发黄的往事。过早醒来的城市像睡懒觉的女人的身体，诡秘而幽深。等车的人想去一个地方，却发现所有的道路和方向都不是自己的。公交车上的座位已满，面包和牛奶在城市中染上了传染病。一个小男孩指着等车人的鼻子说："妈妈，看，去年我在乡下姥姥家玩过的那只蚂蚁，居然没被我捻死。"

　　风追赶着风，黎明消解晨曦。等车的人从何而来？异乡车站站牌上的地址是等车人的驿站，曲折的路线牵引命运的纹路。车开走了，遗憾留下来。十二月的天空飘着雨。等车的人从冬天等到了春天，额头上的皱纹是马路上的斑马线。"我并不想跟其他坐车的人争座位，我只想搭乘一辆末班车，去到我该去的地方。"等车的人想。

　　然而，每一辆末班车都人满为患。等车的人站在异乡车站的边缘，沉默无语，像被城市遗弃的农具。幸好是站在边缘，要不然，等车的人早就在频繁的交通事故中化成玻璃的碎片，与城市里其他肮脏的事物一起，被环卫工人扫进角落里的铁皮桶了。

　　一尾鱼在大海里失踪。

　　等车的人想去一个地方，每条路都没有方向；等车的人想去一个地方，每辆车都人满为患。

现场问答

来的人很多，似曾相识，彼此陌生。

排队等候的人们小心翼翼，焦急的目光弄脏了窗明几净的办公室，被空调强制降温的身体汗流浃背。生存的选择已成为眼前唯一的事实，命运在主考官的面部表情里四处张望，察言观色。前来面试的所有人都掉进了既定的游戏规则里，找不到出路。饭碗是灵魂的缺口，人们渴望通过他人的修补来还原疼痛的深度。

每个人都在强装镇定，想象着如何才能在最短时间内最大化地推销自己。"下一位，抓紧时间！"主考官不耐烦地吼道。跳动的心脏是羞涩的尴尬。面试者终于收藏起尊严，打开伤口，亮出了血液的胎记——下岗证明，技术等级证书，身份证……他们将身上所有可炫耀的资本一一呈现，除了仅剩的疼痛与战栗。面试者的头埋得很低，颇似忏悔的罪犯。他们担心主考官会从他们的肤色里窥到泥土的黑垢；从手背上的疤痕里看出机械留下的纪念；从身上穿的旧工厂服里觉察出文化的卑贱；从拗口的方言里发现身份的低微……然后将他们拒之门外。命运在别人的手中无路可逃。

"OK，听候通知。"简短的答复之后是漫长的期待，期待是开始也是结束。

来的人很多，排队等候的人们小心翼翼。

来的人很多，彼此陌生，似曾相识。

文明的脚印

　　长长的巷弄是从古代延伸出来的。青石板上刻满了挑夫的脚印，每一个足迹都是一段历史的缩写。阳光从树枝的缝隙间漏下来，安静如卧在石阶上那只睡觉的猫。阁楼上，坐着喝茶的老人手摇蒲扇，目光注视着墙上挂着的一张渔网。也许他曾经是个渔夫，站在木舟上，向江面撒网。夕阳和晚风都在他的网中歌唱、舞蹈。他的生命中回荡着岁月的涛声。如今，大江东去，波浪滚滚。所有的鱼都从他渔网的网眼中逃走，留下他自己成为网中人。

　　林立的商铺旌幡飘动，吆喝声此起彼伏：毛血旺、香酥麻花、过江鲫鱼……店主穿着旧时代的衣服，不知疲倦地喊着，却很少有人问津。来来往往的游客只忙着用相机对着一排排仿古的店面按动快门——寻找消失的文明。

　　几个算命先生盘坐地面，闭目养神。摊开的红布上写着：能推远古知未来，能算祸福卜吉凶。空闲时，他们也会凑在一起打打牌——都是神算大师，打牌时，居然也出"老千"。

　　一种文明消失了，另一种文明总会诞生，这是乐观主义者的文化发展论。而现代文明往往是站在传统文明的废墟上找饭吃，他们说，这叫继承与创新。在这个名叫磁器口的古镇，满街的画家在这里卖画，众多的书法家在这里替游人设计签名。三两个披着长头发自称搞艺术的年轻人，蹲在巷道的拐角处给人画漫画，20 元一张。这里的每一个艺术工作者都在试图告诉人们：艺术不能脱离生活实际。

　　也有真正超然物外的人，比如江边那个垂钓者。他手持钓竿，静坐在裸露的河滩上，从上午到下午，从黄昏到傍晚。路过他身边的人都要朝他看一眼，不知道他是在钓鱼，还是在钓时间。

驿动的心

房子在房子上获得幸福，路在路上延伸，流浪的人还在继续流浪。

火车和汽车经常在这里碰头，像一对对相恋的人，见了面，叙叙旧，然后，各走各的路，把思念和牵挂留给时间去回忆。

有的人来了就舍不得走了，他们住在天桥下，睡在候车室的过道上，看到姑娘喊阿姨，见到小伙叫叔叔。乱蓬蓬的头发遮盖着他们的脸，也遮盖着他们的身份。路过的人都躲着他们，仿佛他们是潜伏在这座城市里的病菌，谁沾染上谁就会遭受厄运，甚至使整座城市都患上重感冒。

有的人从这里走出去就不再回来，有的人是不想回来。他们在这座城市里生活了大半辈子，爬了大半生的坡，累了，想出去找个平原躺一躺，把人生的累赘统统抛掉。一扇门站久了也想成为床。有的人是想回来却回不来了，钱还在包工头手里拽着，因工伤致残的躯体还没有康复。他们每天躺在工棚里掉眼泪。日子长了，就把这座城市遗忘了，故乡也就成了异乡。

我每次从菜园坝穿过，都有人认识我，他们会主动上前跟我打招呼："喂，发票、车票，要不要?"还有几个"棒棒"，一看见我就跑过来喊："先生，我给你提皮箱，5块钱扛到家。""老板，我只收3块。"另一个抢着说。我没有理他们，转身走了。我一走，他们就打架，打得很凶，还见了血。

　　来来往往的人在这里会集，奇奇怪怪的事在这里发生。

　　寂寞的时候，我喜欢站在两路口的立交桥上俯瞰菜园坝，那时的它是这座城市的一个胃——等待着贪利的人的进出。

钟声为谁而鸣

　　楼层越高，地上走着的人就越小，这不是距离造成的落差，而是文化产生的裂隙。我第一次带着乡下的母亲和五岁的侄儿来到这里，母亲抬头望望直耸苍穹的高楼说："住在上面的人在什么地方挑水吃？"侄儿问："住在上面的人怎么爬上去？他们个个都是蜘蛛侠吗？"针对他们的提问，我缄口不语。面对这座现代化的繁华都市，我的疑问不比他们的少。

　　母亲、侄儿和我，都是城市的局外人。

　　重庆百货大楼是一座迷宫。上班和下班的人都要进去逛逛。有时是为了买东西，有时什么也不买，主要是体验一种居高临下的姿态和快感。重庆路陡山高，谁要是站在了地势的制高点，谁就是生活中的王。我好几次想走进去，替侄儿买个书包，替母亲买个发卡——那是他们最想要的东西。最终，我还是没敢进。那里面太复杂，琳琅满目的商品太迷人。我怕一不小心，把自己弄丢了。

　　我只有一条回家的路。

　　母亲牵着侄儿的手，站在大楼入口处。我的泪水涌了出来。

　　重庆书城是我去得最多的地方，那里不需要门票。我总是把自己伪装成一个知识分子，在里边东游西逛。现在写书的人太多，看书的人太少。老人们喜欢看养花喂鸟的书，青年人喜欢看言情小说，学生们喜欢看科幻作品。我进去的时候，恰逢一位著名作家来这里签名售书，他坐了一会儿，见来买书的人不多就走了。我是这位作家的崇拜者，我买了本书想请他签名，结果他送了我一册。我和他同时获得了安慰，不知道这叫不叫惺惺相惜。

我走出书城时，突然发现母亲和侄儿不见了。当我找到他们时，发现他们混在几个民工之间，坐在书架下睡着了——那里面开了空调，很凉快。

解放碑的广场上，经常有明星来演出。港台的、大陆的、国外的……他们是这座城市里的另一种火焰和激情。当他们唱饿了、跳乏了，就去吃火锅，一边吃一边欣赏夜景。他们吃火锅的样子，很像我蹲在路边小摊上吃面条的侄儿——狼吞虎咽，毫不留情。

我牵着母亲，母亲牵着侄儿，准备离去，我们同时听见解放碑顶上的时钟猛然响起。每到一个小时，它都会发出钟响。

钟声为谁而鸣？

第三辑　人间万象

一只墨水瓶改装成的煤油灯

那只墨水瓶，是我从村头的学堂偷来的。

学堂坐落在一个土丘上，周围除了一棵橙子树和两棵柳树外，看不见更多植物。木条做的窗棂灰尘密布，屋顶上的瓦长满青苔。阳光从瓦缝间泻下，照在教室里一张张憨态可掬的小脸上，梦一样飘忽。整个学堂，拢共二十几个学生、一个老师。四季在这里是没有色彩的，就像那些孩子眼里没有春天和秋天，只有麦子和面包、田野和道路。他们在一个封闭的世界里安置肉身和心灵。

我是那一群眼睛里缺少色彩的孩子当中最早发现色彩的人。

那色彩被装在一只墨水瓶里，放在老师的讲桌上。每天上课，我的注意力都会被那只瓶子所吸引，而完全忽略掉老师的讲课内容。直到我的作业本上出现一个又一个红色的"×"时，依然没有改变我对它的凝望和遐想。那种血一般鲜艳的液体，复活了我童年的记忆。

墨水瓶里总是插着一支钢笔。我喜欢看老师批改作业时的样子，三根指头拈住笔杆，将笔尖朝墨水瓶中沾沾，再在瓶口刮刮，潇洒地在作业本上画下"√"或"×"。时间在对与错的对峙下溜走了，一些人的命运就这样被改写。

而老师自然成了我的偶像——他不但可以判断知识的对错，还能判断心灵的美丑，甚至预测一个人的未来。作为一面镜子，我从老师身上看清了自己的方向和目标。

但我知道，要成为老师那样的人不容易。老师是喝过大量墨水的人，文化人都是墨水浸泡出来的。姐姐说，墨水喝得越多，文化越高，任何一瓶墨水都将转化成人身体里的血液，并使人变得聪明、睿智。

姐姐的话坚定了我在苦难中的信念——拥有一瓶墨水，学做一个文化人。

我不敢将这个想法告诉父母，怕加重他们的心理压力。他们能让我和姐姐活下来，并将我们中的一个送进学堂，已属不易。作为父母，他们能做的只有这么多，剩下的事全靠我自己。

那是一个黄昏，放学后，孩子们都回家了，教室里空空荡荡。晚风吹拂，杨柳婆娑。我躲在教室的房梁上，似一只等待觅食的老鼠，心跳鼓点般起伏。蟋蟀躲在墙缝里，高一声低一声地叫。夜色聚拢，空虚如水般将我淹没。我突然感到恐慌，从房梁上滚了下来，疼痛加深了我的惧怕。我颤抖着身子，迅速撬开老师办公室的门，拿走了桌上那只墨水瓶。

那天晚上，我第一次失眠了——为一种来自心灵的惊悸，也为一条遍布荆棘的生活道路。直到天快亮时我才睡着，睡着后，我做了一个梦：我成了老师的下一个轮回。

可梦是要醒的，就像希望和失望，没有边界。

没想到，我偷回来的这只墨水瓶，会给姐姐精神上制造一场灾难。

姐姐比我更加珍视那只瓶子，每晚睡觉前，都要将其捧在手心端详半天才能安然入睡。姐姐在看墨水瓶时，脸上浮现出一丝幸福感，仿佛她那苍白的青春琴弦上，跳出几个明快的音符。

一只墨水瓶，不仅拯救了我，也激活了姐姐生命的潜能和梦想的自由。

在接下去的时间里，姐姐不再把精力消耗在劳动上。更多时候，她都坐在桌前望着墨水瓶发呆。偶尔，她还会从我的书包里抽出一本书来，一边翻阅，一边在纸上写写画画。我知道，姐姐是在以一种决绝的态度对抗生活和命运。

父亲看穿了姐姐的心思，每天早晨，他故意提高嗓门说："兰兰，你去送弟弟上学吧。"姐姐听父亲这么一说，顿时神采飞扬，宛如一只蝴蝶看见了菜花。但姐姐同样是理解父亲的，即使在送我去上学的路上，她也会背个背篓，割草或拾柴。任何时候，她都没忘记帮助父母支撑起我们这个风雨飘摇的家。

山风吹散薄雾，朝霞染红大地。姐姐牵着我的手，像牵着自己的一轮红日，向村头的学堂走去。若遇刮风下雨，村道一片泥泞。姐姐就戴个斗篷或撑把伞，将我驮去上学。泥水溅脏她的裤管和脸庞，也溅湿她的憧憬和青春。

姐姐从来没有到过学堂，每次，她只将我送至学堂对面的田坎就不送了。她对自己无法拥有的东西，从来只存敬畏和仰望。我能想象，姐姐在目送我走向学堂的身影时，脸上压抑的忧伤和内心尖锐的疼痛。

直到我走进教室，姐姐才从她的守望中回转身，去山坡割草。下午放学时，她又会准时出现在那条田坎上接我回家。我在姐姐的接送中一天天长大，姐姐也渐渐变得成熟。

仅几年光景，姐姐就完成了她一生所要经历的事情。

有一天，姐姐终于从我的视线中消失了，她嫁给了邻村一个学木匠的小伙子。姐姐出嫁时，只有十七岁。母亲流着泪，卖掉家里唯一一头羊，给姐姐买了件新衣裳和一双解放牌胶鞋。从此，姐姐像那头羊一样被人牵走了。姐姐走的那天，我正在学堂上课。下午回到家，才发现姐姐住的房间只剩下那只墨水瓶，安静地放在桌子上。瓶子旁是我送给她的半截铅笔和一个练习本，本子上歪歪斜斜写着一些错别字。那些错误的符号，记录着姐姐心灵的秘密。每一个错字，都是一道伤和痛。

　　姐姐的出嫁，使我们这个家笼罩上了阴影。

　　无论在学堂还是在家里，我满脑子浮现的全是姐姐的影子。父亲闲暇时，不是坐在院坝里抽旱烟，就是站在姐姐离去的路口发愣。母亲只要一走进姐姐曾住过的屋子，就忍不住掉泪。姐姐为我们这个家付出得太多了，姐姐的命运是我们共同的命运。

　　后来，不知是为苦难的姐姐祈福，还是想重新点燃我们生活的希望，母亲把那只墨水瓶改装成了一盏煤油灯。入夜，母亲将灯芯挑得长长的，橘黄色的火焰越燃越旺，仿佛姐姐如花的笑靥。温暖又重新弥漫我们的屋子。父亲伴着灯光编箩筐，母亲坐在灯下纳鞋垫，我则趴在灯旁看书、写字——我不仅要坚守我的信念，更要替姐姐完成梦想。

　　黑夜漫漫，灯火煌煌。我独自在深夜面对内心和灵魂，把一本本书翻得破损不堪。有时太疲劳，眼皮像粘了胶水似的睁不开，我就用辣椒水点眼角，刺激自己的睡意和困顿。冬夜寒气重，稍微坐一会儿，腿脚就冻僵了，只有呼吸尚余热温。母亲知道我要久坐，做晚饭时就为我备好满满一烘笼炭火，并一再嘱咐："天寒，不要坐久了。"可只要我一想到姐姐，听到父母睡梦中痛苦的呻吟，我内心的倔强又如春草般苏醒了——我注定要成为一个守夜人。而那盏煤油灯是夜间唯一的光源，它陪伴着我，迎接过无数的黎明和晨曦。

　　我到底从那盏煤油灯下走了出来。

　　多年后，我师范毕业站上了讲台。梦想实现了，我却感觉不到幸福。当我看到讲台下坐着的孩子们，那一双双渴求的眼神时，我在想，他们会将我视作自己的下一个轮回吗？

　　我又想到姐姐。自她出嫁后，我一直在心中寻找她。我想教她识字，然后，把练习本上的错字改正过来。否则，她这一生都不知道曾经的生活哪里出了错。

　　我再次见到姐姐时，她已经是一个母亲了。当那个脸上糊得脏兮兮的孩子叫了我一声舅舅时，我的心里涌起一股酸楚。那一刻，我才明白，这辈子欠姐姐的债永远还不上了。

如今的姐姐生活平静而安宁，不再对一只墨水瓶抱有幻想，也不再对那些喝墨水的文化人生发崇敬。在经历过风雪之后的她看来，喝清水也能增加血液的浓度；苦难也能把一个人浸泡成熟，并使其成为精神上的强者。

缺少灯光照耀的姐姐，最终靠一盏灯活着，那盏灯是她的孩子。也许，这个孩子会使她踏上另一条苦难的道路，使她一辈子也得不到温暖和幸福，但能让她一辈子活得有希望和信念。就像母亲改装的那盏煤油灯，虽然光线微弱，却足以照亮一个世界。

背　篓　谣

一切从黄昏开始。

风在田野上奔跑。路边的小树，随着风吹的方向弯了弯腰，又立正了。两只麻雀站在树枝上，脑袋转来转去，抖擞着羽毛，像两个歌唱家在表演节目。晚霞铺在西天上，绯红绯红的，仿佛油画家泼洒的颜料，有一种古典美。田坎上，一条黄狗摇着尾巴，急匆匆朝家赶。风拉长它的影子，让它看上去有些流浪的意味。

母亲背着大背篓走前面，我背着小背篓走后面。我们总是在本该回家的时候才上坡。在此之前，母亲和我都有其他事情要做。

农人的日子，不分白昼和黑夜。

母亲给我的最初印象，即跟一个背篓有关。无论天晴下雨，还是刮风飘雪，她的肩上都背着一个背篓。那个背篓里不是装满柴火，就是装满野草。由于长期背背篓，母亲还很年轻的时候背就驼了。驼背后的母亲常喊腰椎疼。有时，她背着柴草在路上走着走着，病突然犯了，疼痛使她直不起腰。遇到这种情况，她也只是靠在土坎上歇一歇，而从未放下过肩上的背篓。

将背篓填满是母亲的责任。

我们家靠院墙的偏房里，堆满了一屋子的干柴，这些柴全是母亲割回的。割柴是为抵御冬天的寒冷。乡村的冬天是很难熬的，霜冻常常袭击脆弱的事物，比如一只飞翔的鸟，一只尚在跪乳期的羊羔，一个蹲在墙角失语的老人……他们都需要借助强大的热源，来驱逐内心堆积的风寒。许多个冬天，我都在野地里捡到过被冻死的鸟，我把那些鸟的尸体装入一个纸盒子里，埋在村头的一棵槐树下。每当我从那棵槐树前路过，眼睛就会湿润。

在乡下，一只鸟是脆弱的，一只羊羔是脆弱的，一个老人是脆弱的。而我并不比他们中的任何一个强大多少。

母亲割回柴火不是为自己，而是为我和我们的家。

这些干柴，让我对幸福充满渴望和期待。每一根柴都是一粒火种。火种越多，火焰越旺，屋子越温暖。

被这温暖火光笼罩的，还有我们家的牛和羊。早在入冬以前，母亲就在圈里储备了大量的野草。那些草虽经霜打寒冻，大多已枯萎，但能救牲畜的命。无论是那头牛，还是那只羊，对我们家都有恩。牛为我们耕地犁田，羊为我们攒钱流血，它们的一生，都在为我们作牺牲。母亲没有理由不救它们。

从冬天走出来的人和动物的生命都是耐寒的。

我在母亲的护佑下，渐渐醒事，母亲却在一天天变得瘦弱。疾病潜伏在她的体内，变换着花招折磨她。夜里躺在床上，疼痛使她难以翻身。父亲满山挖草药煎水给她喝，也不奏效。一天夜里，母亲把我叫到床前，拉着我的手说："孩子，从明天起，你就跟我一起上坡割柴吧，你肩上早晚都得背上背篓的。"

当晚，父亲就为我编了一个小背篓。

刚开始割柴，我连刀都拿不稳。几刀子下去，柴没割掉，手指却被刀割破了皮，血像水一样冒出来，疼得我又哭又喊。母亲见状，并不理会，只是摘来几片草叶，擦掉我手上的血迹，细声说："小心点，过一会儿就不痛了。"说完，又埋头割柴去了。她一边割，一边观察我的动静，满脸愧疚。

　　事实上，我的小背篓每次都是母亲帮我填满的。单靠我自己，根本不可能把背篓填满。这一点母亲是清楚的。她之所以这么做，不过是想让我过早地认识人生罢了。

　　记得那年我大概七岁，跟着母亲上坡割草。初冬的绵雨，使山道一片泥泞。田野和远山，都被雨水泡软了，潮湿、虚幻，了无活力。地上的草多半干了苗，尚存绿意的草也被雨水淋湿，趴在地上，像在对哺育它们的土地忏悔。母亲带着我，从这个山坡走到那个山坡，几乎找不到要割的草。她沉默着，一脸沮丧。直到天将黑时，我们才割得大半背篓草朝家走。因我人小，走路不稳，且脚底打滑，几次跌倒，周身溅满泥浆。母亲为搀扶我，也数次跌滑，崴了脚。我赌气，站在路上哭着不走。雨淅淅沥沥下着，打湿我们的衣服和头发。眼看天就要黑了，母亲焦急地拢拢头发，然后用衣袖抹去我脸上的水珠，牵着我的手说："孩子，走吧，跟着我的脚印走，这样就不会跌倒了。"我踩着母亲的脚印，一步步试着朝前走。我的脚印印在母亲的脚印上，母亲的脚印引领着我的脚印，像一个个路标，又似一串生命的印痕。

　　为让我跟上脚步、走得更稳，母亲故意放慢速度，步子迈得很小。我们小心翼翼地跨过一个个水坑、一个个泥潭。果然，我没再跌倒。母亲见我愁眉舒展，越走越轻快，便放开了牵我的手。她说："我不能牵你一辈子，再烂的路，都得自己走啊。"她一边走一边教我唱童谣："小背篓，挂肩上，圆圆的口子似玉缸。装柴火，装太阳；装青草，装月亮，装满童年的梦想……"

　　就这样，我跟着母亲的脚印，唱着她教的歌谣，从童年走向了青年。

　　等到我终于能够独自填满背篓的时候，父母却又在开始忙着比割草或割柴更重要的事情。那几年，庄稼减产，禽流感肆虐。粮仓里储存的粮食，填不饱我们一家人的肚子。母亲养的猪或羊，还是幼崽时就染疫夭亡。家里债台高筑，天天都有人上门催债，闹得父母痛苦不堪，我也因此不得安宁。

父亲时常坐在田坎上抽闷烟，沉默得像他身旁的锄头。他已经没有多少话说了，他早把心里想说的话，通过劳动秘密地告诉了大地，告诉了大地上的禾苗、麦子、高粱、大豆……母亲则弓着身子，在田里拔草。只有将野草除尽，庄稼才可能长得根正苗壮。庄稼长壮了，籽实饱满了，我才不挨饿，母亲才不挨饿，父亲才不挨饿，我们全家人才不挨饿。

落日下，我看见一个个受累的灵魂，像故乡一样脆弱。

我一直试图摆脱背篓的重压。

多年后的一个黄昏，我背着一个帆布口袋，沿着村头那条崎岖的山路走向了远方。口袋里，装着母亲亲手为我做的一双布鞋和几个干硬的馒头。在离开家的那些日子，我像一只蚂蚁，躲在别人的城市里，爬行着生活。白天，我风里奔雨里跑，到工地上帮人抬沙、提灰桶，或替人抄海报、散发广告单。饿了，买两个馒头或一袋方便面充饥；渴了，跑到厕所旁的自来水龙头下接水喝。夜晚，就坐在街边的路灯下看书、学文化。直到街上游人散去，我才拖着困倦的身躯回住处休息。有时看书太久，我趴在街边的台阶上睡着了，醒来，披一身露水，周身冷得哆嗦。寂寂大街，空无一人，心中悲戚顿生，眼泪夺眶而出。每每如斯，我便深切思念故乡、思念父母，耳边就会响起母亲曾教我唱的歌谣来。那支童谣成了我生命中最美的乐章。在我孤独失意时，乐章就会奏响，给我抚慰和力量、勇气和希望。

没想到，我摆脱了一个背篓，背篓却变了一种形式压在我的身上。

不过，跟以前相比，我的承受能力更强了。我没有被肩上的重负压垮——如今，我在城市里站稳了脚跟，过上了城里人的生活。母亲也没有被她肩上的重负压垮——她一生都在与肩上的背篓抗争，与命运抗争。最终，她获得了火焰和阳光，成了我们家的脊梁，一个村庄的脊梁。

但我清楚，我虽身处城市，根仍在乡下。我人生的来路，还得在母亲的脚印里去寻找。

母亲是故乡的缩影。

今年春，我回到老家，与母亲并肩坐在山坡的草坪上，晚风撩起她花白的头发，落日的余晖照在她沧桑的脸上，安静而祥和。"妈，你还记得曾经教我唱的那支歌吗？"我问。她抬头望望天，良久，才张开漏风的嘴唱道："小背篓，挂肩上，圆圆的口子似玉缸。装柴火，装太阳；装青草，装月亮，装满童年的梦想……"

歌声跟随晚风传遍了山川和旷野，飘向时间和永恒。一种消逝的力量，重新在我们心里复活了。

我们一边唱歌，一边看着落日慢慢地从西天降落。当夕阳的最后一缕光辉被暮色吞噬，我和母亲紧紧抱在一起，眼里同时闪着泪花。

寻找冬日的灯盏

时令渐入冬季，该静的都安静下来了。

每年这个时节，我的心都有种被静谧抚慰过后的透彻，尽管寒冷会使我的生活秩序或多或少遭受一些影响。

城市钝化了人对自然变化的感受。无论是走在喧闹、拥挤的大街上，还是站在家中孤悬的阳台上，我的目光都是那样惊恐不安。我看到很多的老人待在屋子里，偎着个电火炉和一只猫说话、和一只狗谈心。我看到更多的年轻人，坐在街边的餐馆里谈天说地。每个人都有自己过冬的方式，都有抵御寒冷的办法。

冬天来临了，一些人的冬天也在来临。

入冬那天，我回了一趟老家。临走前，我在城里买了两件毛衣、两瓶烧酒。毛衣是买给母亲的。在我的记忆里，母亲很少穿毛衣。我五岁那年，父亲从远方回来，买了一件黄色毛衣作为礼物送给母亲。可母亲一次也没穿过，她将那件毛衣拆成线团，改织成了一条围巾和一件小毛衣。后来，那件小毛衣穿在了我的身上，而那条围巾套在了父亲的脖子上。

烧酒是给父亲准备的，晚年的父亲把酒视作他精神上的一盏灯，没了酒他会很寂寞。酒是支撑父亲过冬的良药，唯有酒才能使父亲的人生明亮。

　　乡村的冬天，多了些枯寂的意味。

　　落光了叶子的树枝上，挂着两个空鸟巢，像两顶乡村老人废弃的旧毡帽。村头的那条河流变得比以前浅了、瘦了，沉静中透着忧伤。野地里，薄霭朦胧，白色的雾状颗粒撒满了田间堆积的草垛。寒气上升，渗透在身体周围，濡湿了我的视线，也濡湿了我的记忆。

　　小时候，我和姐姐常在黄昏时分走向冬日的山坡。姐姐肩背背箦，手握割草刀，寒冷将她的一双小手冻得通红，十根手指像十根细小的红萝卜。姐姐每天都必须赶在天黑前割满一背箦草。圈里的那头老牛，还盼着她带回的晚餐呢。我则牵着家里的唯一一只羊，跟在姐姐身后，鼻涕挂在嘴边，像凝结的冰凌。我怕冻坏我的双手，只好将手插在裤袋里，把拴羊的绳索套在腰上。喂饱羊是我每天的责任。

　　姐姐每割一会儿草，就要抬头看我一眼，也看我身边的羊一眼。她在看我们的时候，内心是充满恐惧的。她那惊惧的眼神里，总是闪动着一丝不确定的信息。我知道，姐姐是怕我或者羊会被冻死。而无论是哪一种情况，她都没法回家向父母交差。

　　羊的生命和我的生命同等重要。

　　每年都有一些人或者牲畜，在冬天死去。

　　我永远记得爷爷临终时的样子。那个冬天，村庄迎来了入冬以来的第一场雪。雪花纷纷扬扬，飘洒在故乡的大地上。地面上积满厚厚一层雪，雪覆盖了地上的荒草，也覆盖了平时熟悉的道路。爷爷嘴叼大烟袋，抬头望望天，半晌才说了句："造孽的雪，下了四天四夜了，啥时才有个完！"说完，他就牵着圈里那头跟他一样老的牛，慢慢地向远处走去。那头牛，跟了爷爷一辈子。无数个冬天，他们都是在相互依偎中走过来的。

　　那天直到天黑尽，也不见爷爷和他的那头牛回家。而雪花还在继续飘洒，丝毫没有要停止的意思。当我们打着火把，在田野里找到爷爷时，他已经伏在牛背上，四肢僵硬，永远地睡着了。牛背上搭着爷爷穿的棉大衣，而爷爷的整个身体，早已被雪花覆盖，像一尊凝固的雕塑，定格在一片冰雪世界里，也定格在我们的记忆中。

活下来的老牛很孤单，衰老得也很快。做一头牛或一只羊，也是不容易的。

爷爷走后，父亲将饲养老牛的任务，交给姐姐去完成。他说："老牛在，你爷爷就在。"

从此，姐姐和我心里都充满惧怕。我们担心，在某一天老牛也会像爷爷一样，安静地死去，这是我们无法掌控的结局。

谁能真正熬过冬天呢？

父亲抢着臂膀，在院子里劈木柴。母亲将劈开的木柴搂到墙角，垒出碉堡的模样。他们在替自己积累生活的资源和能量，他们的心里需要旺盛的火焰和光源。

母亲知道我要回来，停止了去野外的一切劳动，特意取下灶梁上挂了一年的腊肉，为我做了一桌丰盛的晚餐。劈完木柴的父亲，冒着寒冷在村头徘徊，忐忑不安。一双昏花的眼睛，直愣愣地盯着回村的山路。他渴望在那条路上看到我归来的身影，就像曾经望着我离村时的背影，以及那一个个沉重、坚定的脚印。

入夜，四周都安静下来，干涩的冷风在屋子外钻来窜去。父亲、母亲和我，围桌而坐，热气腾腾的饭菜摆了一大桌。这种暌违已久的亲情氛围，让我感到一种踏实而宁静的幸福。父亲和母亲争着为我夹菜。我回家的日子，成了他们最为隆重的节日。

但在父母高兴的背后，我隐约感到一丝不安。透过电灯泡暗黄的光线，我看到了父母身体上那被岁月的利斧斫伤的痕迹。母亲脸上沧桑的皱纹，已经不能再掩饰她经受风霜雨雪后的平静。父亲弯弓的脊背、掉光的门牙，以及他那条患风湿病的老寒腿，都在时间的监视下，证明着他苦难的人生，离最终的大地越来越近……

凝视着父母，我有一种说不出的难受。

他们都生活在寒冷里太久了，以至他们的生命里住进了一片雪原，那片雪原不是火能够烤得化的。父母所需的温暖，也绝不是一件毛衣或一瓶酒能解决的。

那么，冬天所呈现的色彩，只能是一种惆怅和悲凉吗？

我时常想，爷爷在多年前那个冬天的辞世，绝不是因为那场持久飘飞的大雪，也不是由于下雪所带来的更大的寒冷，而是源于嵌入他骨子里的巨大孤寂和绝望。这种生命的感受，是生活馈赠给他的，只有他自己能够体会。如果，我深爱着他的奶奶不是重病卧床，也许，爷爷的孤寂就会分出一份，让他生命中的另一半去承担和消磨。如果，我的父亲曾经能把自己的时间和精力抽出一小半，投入爷爷的晚境上去，爷爷的孤绝感也不会那样强烈。

可我父亲当时都在干什么呢？

有些事情永远无法说清，回忆总是布满伤痕。现在想来，我是理解父亲的，父亲也有他的苦衷。在一次醉酒后，父亲拉着我的手说："孩子，在过去的那些日子里，要不是我和你母亲，我们这个家，恐怕都难平安过冬。"

爷爷把人生最后的信任和安慰，留给了陪伴他大半生的那头老牛。他相信，老牛是理解他的。只是不知道，老牛的内心世界，爷爷能否看透。

有四季就一定有冬天，有年轻就一定有暮年。暮年也应该有美丽和浪漫的一瞬吧，就像雪花的坠落，不只代表寒冷，也昭示春讯。

母亲穿上了我为她买的毛衣，虽然她的表情告诉我，这件毛衣并不合身。母亲是属于乡村的，她已经习惯了穿棉袄，也练就了抵抗寒冷的能力。这种扎根泥土的生存方式，曾使母亲尝试过各种各样的活法，有时像庄稼一样活着，有时像野草一样活着，有时像树一样活着……

活下来的母亲，走过了一个又一个漫长的冬天。

母亲反复抚摸着身上的毛衣，脸上浮现出她一生中少有的荣耀。我不知道这种虚幻的荣耀，能否支撑她平安地走过比寒冬更难熬的暮年。

我从母亲身旁站起身，推开房门，看见父亲躺在床上，鞋也忘了脱。如雷的鼾声，打破了冬夜的宁静。吃饭时，父亲看见我为他买的酒，有些兴奋，忍不住多喝了几口。酒再一次让他找到了作为父亲的尊严。

除了酒，还有什么能将父亲的晚境照亮？

在父母心中，我是他们共同的灯盏。但我能成为他们心中一盏永不熄灭的灯吗？

有灯照耀的冬天是温暖的。心温暖了，生命才有亮色。

谁要是站在冬天的边沿，能看到春天的阳光，谁就是幸福的。我看到了，尽管我是代替母亲看到的。

母亲是没有春天的。

没有春天的母亲，用自己寒微的一生，千百次将春天唤醒，像唤醒另一个人提前到来的幸福。

水车转动的年轮

　　无事可做的日子，我喜欢去那条河湾走走。有时兜里揣本书，其实也不看，只随意翻上几页；有时什么也不带，沿河慢行，看水里的鱼虾游动的身姿，灵动、俏皮，像在变魔术。也或者，躺在河滩的沙泥上，闭上眼，让内心安宁下来，想一些事情。当然，更多的时候，我会长时间凝视那架破败的水车，怀想它曾有过的辉煌，感念它所经历的沧桑。然后，走向那幢同样破败的茅舍，走入一个温存的世界……

　　茅舍里有些昏暗，油灯微弱的火光在寒风中闪烁。四周朦胧的树影，像剪出的人形。河水从茅舍前悄无声息地流过，夜正在沉睡。我独自在河滩上转悠，身上穿得很单薄。冷风从我的脖颈钻进去，蛇一样咬得我的肌肤生疼。

　　母亲不知道我偷跑出来了，生活的重担已经不允许她分出更多的精力去关心我的事情。父亲呢，整天躺在病床上，意识里早已没有了白昼与夜晚的概念。家里几乎天天都有陌生人闯来，不是催还账，就是催要粮。我已经辍学很久了，内心的风雪在骨子里游走。每天，我除了帮母亲拾柴、放牛、料理家务，剩下的便是接受其他正欢快地蹦跳着去上学的孩子的嘲笑和鄙视。因而我特别盼望夜间的来临，黑夜于我是一道屏障，能够隔绝白昼里给我带来的屈辱，并使我享有片刻的自由、安全、温暖和自尊。

游走是不具有目的的，连方向也没有。黑夜省略了我认识世界的过程，人与自然是一体的，幻觉征服了恐惧。这使我不知道正在河滩走着的究竟是我，还是我的影子。所以，当我后来在那些寂寥的夜晚，从那幢茅舍前经过时，如果不是它里面亮着的油灯吸引了我，我很可能会把它当作意识里的一个幻影而将之忽略掉。

我没想要走进那幢茅舍里去，我不知道里面住着什么人。谁会在深夜里燃着灯睡觉呢？况且，一个孤独的人有什么资格去搅扰他人的安宁？但我终究没能控制住自己内心的欲望——我的心被一盏油灯散发出的光俘虏了，尽管那盏油灯的光是那样微弱。

是的，那盏微弱的油灯让我感到温暖。我轻轻地靠近茅舍，推开木栅栏，从那扇落满尘埃的门的缝隙里朝里瞅了瞅。屋里很简陋，一张桌子，墙上挂满了农具。靠左的墙边是一张石头垒砌而成的床，蚊帐是用麻袋缝制的。床上没有人，而那盏亮着的油灯就挂在屋中间的一根木柱上，照耀着屋内和屋外的世界。

我想，这间茅舍怎么可能没有人呢？那么，那盏亮着的油灯是谁点燃的呢？是油灯自己吗？不可能，天下哪有自燃的灯啊！

我回转身，正欲离去。这时，我突然听到一阵声音。声音来自茅舍里，苍老却又清晰："孩子，既然来了，为何不进来坐坐呢？我等你很久了，我知道你迟早会来的。"

记忆是如此混沌。我总是忘了自己当时的年龄，十二岁还是十三岁，也许更早。早晨或黄昏或深夜，我从家里跑出来，望河祈祷，内心沙滩般荒凉。我的命运晃荡在绝望和希望的两极，进退维艰。父亲的病情日益严重，母亲整日以泪洗面。贫穷和债务已使我们家徒四壁。我不知道自己未来的路该怎么走。人在无助的时候，逃避也是一种伤害。

那时，河边的那架水车每天都在转动，像时间的年轮。我最喜欢看水车转动时的样子，轻快，水花四溅，充满活力。我一直认为，水车是懂得生命的价值的。凡是蓬勃的生命都应该是转动的，否则，就会腐朽。我想，要是人的命运也能像水车一样，能够自由把握和转动，该多么好啊！但后来，我就发现了水车转动背后的虚假。它虽然每时每刻都在转动，却并未走远，只在原地转圈。活着的生命怎么能这样呆板呢，生命的意义应该在于行进吧，实在行进不了，或许只有解脱是对的！

当我看穿了一架转动着的水车的真相，并滋生出厌烦后，我开始为自己的命运寻求解脱之路。我依稀看到河流上漂荡着一叶小舟，在浪尖上颠簸。它或许就是我苦苦寻找的命运之舟了，我相信，它完全可以将我带入另一个世界里去。尽管，这叶小舟自己也未必能平安抵达河流的彼岸。

我伸出腿，准备向那叶小舟跨去。猛然间，我发现身后有一双眼睛正锐利地盯着我，闪电般明亮。我转身瞥了一眼，看见的却是一个背影，在离我不远的地方移动。我又转过身，再次伸出腿向小舟跨去，却又发现那目光箭一样刺向我，使我不寒而栗。我回过头去，看见的仍是一个背影。总之，那目光在我最彷徨的那些日子，就像魂灵一样紧随着我，使我的解脱之梦终未完成。

后来很长一段时间，我一直在拼命回忆，试图从记忆里打捞出那个紧随我的人的模样，看看他（她）到底是谁。但打捞是徒劳的，我忆起的除了一个背影，还是一个背影。甚至根据背影我也猜测不出那个人的大致年龄。反正，从那以后，我再也没有为自己的命运寻求解脱之路了。一个被他人识破的计谋是不可能实现的。

而那叶曾被我看见过的河流上的小舟是否真的存在，我也记不起了。也许存在，也许不存在。

我被老人领进茅舍，他居然叫了一声我的乳名，这使我惊诧。我努力回想在什么地方见过他，没回想起来。老人转身去拿茶杯，这时，我注意到他的左腿瘸得厉害，而他居然没用任何辅助工具也能行走，这使我相信他一定是个特别的老人。老人将茶杯倒满让我喝，我真以为是茶，就猛喝了一口，灌到嘴里才知道是酒。我咳嗽着说："我从不喝酒。"老人严肃起来，说："男人怎么能不喝酒呢？不喝酒的男人不精彩！"我第一次听到有人把孩子叫作男人，我的脸红了，有些发烫。老人一直盯着我，目光坚定。我顿时觉得这目光是如此熟悉，却又想不起来在哪里见过。

老人举杯呷了口酒，说："你母亲姓戴吧？"

我说："你怎么知道？"

片刻沉默后，老人又举杯呷了口酒说："我还知道你父亲病了，而且病得不轻，是吧？"

我被老人的问话震住了，老人大概也看出了我的诧异。随后，他指指屋中柱子上燃着的那盏灯，说："那盏灯是你母亲叫我点燃的，她知道你经常在深夜偷偷地从家里跑出来，怕你孤独。你母亲还托我帮忙看着你，她担心你出事。她说，你应该尽早学会独立和坚强……"

我突然就想起了那个背影，以及那锐利的目光。我猜想，在那些寒凉的夜晚，凡我走过的地方，是否也留有母亲的脚印。我一直在寻找自己内心的灯盏。没想到，我本身也是一盏灯，被另一个深爱着我的人藏在心里，即使在最苦难的日子，也用她的生命守护着，不让它被寒风吹灭。

"只知道耗灯而不知道点灯的人，是感受不到温暖的。"老人说。我理解老人这句话的意思。并知道了他的故事：老人三岁丧父，四岁起跟随母亲辗转南北，流浪颠沛；十岁时母亲染病逝世；十一岁起寄人篱下，当过挖煤工，开过起重机；十九岁参军，参加抗美援朝，在枪林弹雨中九死一生，废了一条腿；从部队退役后，给工厂看过大门，到机关当过干事；历经人世沉浮、挫折辛酸，最后选择了来这个僻静的河湾盖了一幢茅舍度日……

一个没经受过死的人，是不会眺望生的。老人说："人要是耐不住一场大风的考验，就会脆弱如草，被黑暗卷入更深的黑暗。"我知道，老人先后在这条河湾里拯救过好几条生命了，在被老人所拯救过的生命中，有男的，也有女的，有年老的，也有年幼的。"活着多么好啊，就像灯燃着多么好一样！"老人边喝酒边说。

那晚，茅舍内柱子上的油灯一直燃着，直至天明。老人喝醉了，我也喝醉了。我第一次意识到自己是一个男人。而就在那盏油灯快被黎明吞灭之前，我早已完成了命运的解脱，并获得了重生。

现在，我站在城市的阳台或中心，身边刮过的是更加呼啸的风，内心经受的是更多的深不可测的夜晚，我所置身的周围是更多的泥泞和险滩……但我已经不再恐惧和畏缩，我已学会了挑战和跨越。因为，当我遇到人生的沟坎时，我总会想起那幢茅舍和茅舍里的灯光；想起那个老人和紧随我的那个背影；想起那架水车和它转动的年轮……这一切，总能激发我的内心产生一种无形的力量和勇气——那是生命的力量，更是活着的勇气。

如今，那幢茅舍已经坍圮了，老人也已离开了人世。当年守护那盏油灯的我的母亲也已白发苍苍。那架水车呢，也早已停止了转动。岁月悠悠，年轮渺渺，一切都仿佛成了凝固的时间。而我，只有我，则是从那凝固的时间里复活的一个新生命。

黄昏的掌纹

　　黄昏像是一种回忆，更像是一种幻觉，静谧中包孕着刻骨的感伤——我说的是乡村的黄昏。那时，我大约只有十六岁吧，夏日傍晚，我跟随父母劳动后回家。父母走前面，我走后面，晚风摇曳着我们瘦削的身影，夕阳映红我们古铜色般沧桑的脸庞。在我们周围，一切都隐退了。田野上劳动的人们先后走光，大地一时间变得旷阔而空茫。大概是因为累，我们扛着农具只顾低头走路，谁也不说话，像几只疲劳过度的蚂蚁在山道上慵懒地爬行。走着走着，突然间，我就停下不走了，找一个地方坐下来。父母照旧走他们的路，他们是不会问我停下来的理由的。

　　我独自坐在土丘上，放下手中的农具，全身累得要散架。我稚嫩的身体承受不了每天那种超负荷的劳动，两只手掌上全是被锄柄磨出的硬茧，脊柱针扎般酸痛。但我不能向我的父母提起我的痛，如果那样，他们会不高兴。因为，他们比我每天的劳动量更大，痛也更深。有时夜里躺在床上，我实在忍受不了肩背上被烈焰炙烤后血渍撕裂的皮肉的锐痛，而叫出声或流出泪来，父亲就会喝得醉醺醺地跑来跟我吼道："哭啥呢，你娃还嫩，日子长着呢，够你娃熬的！忍着吧，没听那些有文化的人说吗？'钢铁就是这样炼成的'。"说完，就打着酒嗝摇摇晃晃地爬到床上去了。片刻之后，一种疲累的呻吟就会在暗夜里回荡，仿佛夜的喘息。

　　窗外，月色幽朦，暗影如磬。

　　我的痛是身躯上的，也是心灵上的。我躺在土堆上，像一个沉默的影子。父母已经回家，整个山地只剩下我一人，独对荒野和自己战栗的灵魂。我始终感觉自己是一个无家可归的人，尽管我的家就坐落在前方的山坳里。暮色聚合，起风了，鼻息里尽是麦子、玉米、高粱，以及杂草混合的气息，这种气味在我的记忆里弥漫了许多年，像某种潜藏于我流动的血液里的元素，在我生命的田野里涌来荡去，经久不止。那时，我已经开始对这种气息感到厌恶并诅咒它，我不想被这气息所窒息。于是，当我每次躺倒的时候，我都会聆听到一种声音在急急地召唤着我，引领我逃离生活着的村庄，穿山越海，翱翔飞奔。这种声音不是来自我的家里、我的父母，更不可能来自我脚下的土地、身后的庄稼……而是来自那许许多多我所看不见的另存的世界。

　　我不能不说说那些黄昏中的鸟。在我每次劳动回家停下来休息或冥思时，都能看见它们在我的头顶上方盘旋、俯冲，像一群村庄的精灵。这些弱小的生灵曾给过我莫大的精神慰藉。它们永远在一个高度上生活，而又同时拥有着大地。不像我，在大地上生活，却未能拥有一个属于自己的高地，这是我生而为人的遗憾。每当我目睹它们在天空上自由欢快的身影时，都免不了顿生一种展翅翻飞的欲望。在当时，这欲望是怎样令一个十六岁的少年心悸不安而又激动异常啊！蓝天是鸟儿的天堂，土地是我父辈的天堂，而我的天堂又在哪里呢？

　　母亲似乎从我每天的行为和表情里觉察到了什么，只是她没有说。而父亲则对我的古怪举止愤怒至极。他认为，我成天这般胡思乱想、拖沓懒散，丝毫不具备成为一个好庄稼把式所应有的资质，早晚成不了气候，会败了家业。于是，他执意要将我培养成一个他满意的庄稼把式。每天天不亮，他就迫使我跟他一起出地干活，向他学习耕地、犁田。他教我如何播种施肥，怎样才能使粮食增产，如何从气候的变化中去经营农事。他在教我干这些活的时候，只是将我视作一台用来进行农业实验的机器，而不顾我瘦弱的身体是否承受得了那样长时间的劳作。有好几次，我都在他的调教中因体力透支而晕厥，但他从未因此减少对我的劳动时间和劳动量。只要我每天都按照他的意思卖命地劳动，他就非常高兴，反之，则会受到他的恶言詈骂，以致母亲也会经常跟着我受牵连，被他谩骂。他一高兴了，晚上回到家，就会喝许多的酒，直到把自己灌醉为止，然后睡在梦魇一般的深夜里，幻想又一个土地的儿子即将在他的预想中诞生。多年来，父亲就是这样在对我的幻想中，使自己日趋衰竭的生命重新获得了张力，并延续着自己的寿命。

没想到母亲会与我进行一次彻底的交谈。有一天，劳动收工后，我仍旧一个人坐在土堆上，抬头仰望天空中那些自由飞翔的鸟儿，在寂静中聆听自己心跳的声音，脑中胡乱地想着一些事。突然，我感觉身后有人在向我靠近，我回转身，发现是母亲。她空着两手，一头蓬乱的白发在晚风中扬起，神态苍老而虚弱。平常，我总觉得与父母之间存在着某种心灵上的屏蔽，我们是缺乏理解和沟通的两代人，彼此的认识、见解和思想都不在同一个层面上——尽管我的身上流淌着他们的血液。这种情感上的隔膜，使我对母亲突然向我的靠近感到些许不适。母亲或许已经看出了我的紧张，她紧靠我身旁坐下来，并一下子握住了我的手。她的手很粗糙，像锯齿一样锉得我的肌肤生疼。但这粗糙里又同时具有一种温厚的力量，这力量给我的生命传递过来一种久违的温暖。而在这温暖里面，跃动着的是作为一个母亲的慈悲与善良。我慌乱的心在她手掌的抚摸下逐渐平静下来。"孩子，我不想看到你每天都那么痛苦地活着，这会让我受不了。我知道你一定有许多心事，希望你能将心底的秘密给我讲一讲，那样会好受些。"母亲平和地说。她的话让我不知所措，却又感动万分。曾经，我总认为母亲跟父亲一样，是不会理解和关心我的，他们心里只有土地和粮食。直到母亲对我说出这样的话，我才发现自己在对亲情问题的判断上，犯了一个多大的错误啊！其实，母亲一直都在关心我、爱着我，只是她把这种爱藏了起来，没有表露。那一刻，我才真正感觉到，在生活中，母亲也是活得很苦恼的——她承受着肉体上、精神上的双重之苦。只是，她像对我的爱一样，把对来自生活中的压抑、苦痛也隐藏了起来，而表现出一个顽强者的角色——一个深藏大爱而又兼怀痛楚的母亲，注定是活得最苦也最累的母亲。

我不敢告诉母亲心中的真实想法，我担心她会受不了。我不敢设想，一个出生在封闭、落后、贫穷之家的普通农民的儿子，如果对他的父母说，他不想做农民，他要远走，他要高飞，离开这个鸟不拉屎的破村庄，去重新寻找和改变自己命运的机会，结果会怎样。

但在那天，我也许是被母亲的真诚所打动，终于还是将心里贮藏已久的想法告诉了她。母亲听完我的倾诉后，并没有表现出过激的反应，而是陷入了长久的沉默。随后，她将自己一直紧握着我的手松开，抬头长时间盯着天空中那些盘旋、俯冲的鸟雀看，像一个守望幸福的岁月之神。"人这一辈子，不同的人有不同的想法。想法不同，选择的路也就不同。走的路不同，活法也就不同。我们选择做一棵树，而你却选择做一只鸟，这都是命定的事情，谁也阻止不了谁，也由不得谁。但最终不论你选择哪种方式求活，都是在从泥淖里往外爬，从石头缝里找出口啊！哪一根田坎不是三节烂呢？孩子，你可要当心啊！"母亲语重心长地对我说。我第一次为一个普通农村妇女所感动。没想到，母亲朴实的语言里竟包孕着如此深刻的思想。我为自己拥有这样一个开明的母亲而倍感自豪。

我终于在一个黄昏离开了村庄。走的时候，我没有向父母辞行，我不想看到更多的悲戚。母亲是知道我要走的，她早就在那个帆布袋里偷偷地给我装了几个馒头和一双她亲手为我缝制的新布鞋。我走的时候，母亲在地里干活，我背着行囊在离家不远的一个土坎上坐了许久，希望最后再看一眼我的母亲。但一直到天快黑尽了，我都没看见母亲收工回来。她似乎是故意要在那一刻不回家的。就这样，我在没等来母亲的失望中，沿着自己命运的纹路离开了家——那块生我养我十多年、破败而又多情的土地，那个承载了我童年无限遐思和梦想、忧伤和彷徨的村庄——踏上了远去的长途，开始了更为艰辛的流浪。

从此，那记忆里的乡村的黄昏，以及黄昏里的人与事，也跟随我匆忙的背影坠落了——在我生命的某一个端点上。

从此，那记忆里的黄昏的掌纹，变成了一道道沧桑的皱纹爬满了母亲的额头。母亲额头的皱纹越深，我流浪的命运就越坎坷。命运越坎坷，我的心就越疼痛，心越疼痛，我就越找不到回家的路。

奔跑的地铁

一

冬天，坐在北京的地铁里，寒冷偷偷地从车窗外钻进来，将车厢内人的鼻头咬得通红。大多数人脖子紧缩，凝固的表情似重叠褪色的黑白照片，不由得勾起你对某些往事的回忆和幻想。

地铁不停地奔跑着，窗外飞逝的光景像时间的碎片。而那每一块碎片里似乎都跳动着来自我生命的暗示——我的身体和灵魂已经在路上。很久没有这种命运被放逐的感觉了，一个人从某个遥远的小镇，来到一个偌大的陌生城市，不是为感受它深厚的历史和文明，亦非为触摸它阳光里血液的温暖和高远蓝天上赤裸的美丽。目的简单得至纯：坐坐这里的地铁。

坐坐这里的地铁，到什么地方去呢？我问自己。中途不断有上下地铁的人，熙来攘往。这些人的去向很明确，从一个站点到另一个站点，其间的距离便是他们生存的意义。不像我，既不知道这列地铁的起点站，又不清楚它所要到达的终点，就这么胡乱地钻了进去，像行驶在一条时光隧道中，找不到出口。

时光有尽头吗？地铁里茫然坐着的我，难道仅仅是自己替自己安排的一次出行？

二

多少个黑夜，我坐在时间的维度里，看见一列一列的地铁从我的文字里穿过。我真没想到，地铁会与我笔下的文字发生关联。幻觉是怎么一回事？我坐在房间里的写字桌前，似一个沉思的老人，窗外的月光时隐时现，仿佛一个残梦。这时，我就会在面前摊开的稿纸上，依稀看见奔跑的地铁从上面驶过，酷似我奔涌的思绪，驮载着我的文字，通向无穷远方。我产生这样的幻觉已经很久了，却一直未曾知晓幻觉产生的根源，直到最终我发现自己身处于暗中。是的，暗中。只有在幽静的黑暗里，我才能看见我的文字和地铁。原来，我和地铁都是行进在暗中的事物，包括我的文字。暗中是一种沉潜、一种深入，隔离了尘世的浮躁，直抵生命秘密的根部。地铁，从城市的腹中穿过，才让更多的人找到了走出生活路口的捷径。我的文字，也必须从现实的腹中穿过，才能真正发现那些人类的痛苦究竟躲藏在什么地方。

三

北京到底是一座阳光充足的城市，即使坐在地铁里，依然能感觉到阳光穿透地面所带来的丝丝暖意，尽力驱赶着提前降临的寒凉。地铁努力向前奔跑着，像在竭力追寻着什么。

我第一次将自己流放得如此之远，这对于一个毫无旅行兴趣的人而言，此举当可视为人生勇气的考验或者心灵的历险吧！

我突然想起多年前尚未满八岁的表弟，他在一天晚饭过后，独自去野外散步。天已经很晚了，却不见他回家。家里人四处搜寻，仍不见其踪影。他那夜好似走了很远很远的路，把自己走丢了。第二天，待另一个村子里的人把他派送回来时，已是晌午，太阳升起很高了。当他的父母问他昨夜都去哪儿了时，他只说了一句："我去找月亮。"全家人都为他的回答深感震惊。后来，他们家是否因为表弟的那句话而发生过波澜，我已不记得了。但可以肯定的是，表弟那晚没有找到月亮，他找到的只是翌日的太阳。

如果说每个人的远行都非要有个目的，那么我的目的是什么呢？表弟远走是去找他的月亮，我不远千里跑来北京，仅仅是坐坐地铁吗？

四

我掏出手机，翻动滚屏，试图找到一个我所熟悉的号码，发条短信，表达问候，以此确证我是否还与现实世界保持着联系。这个号码应该来自我的故乡，与我的血脉相连。可事实是，我所找到的号码却并非来自我的故乡，而是来自我现在所置身的这座城市。这个号码在我的手机里已储藏多年，像一个特别的记忆，让人不敢轻易去触碰。那是我一个朋友的电话号码，他是北京某文学杂志的编辑。多年前，我作为一个初涉文学写作的作者，整日为自己苦心编织出的文字篇章无人赏识而抑郁寡欢，几欲放弃追求之时，正是他从众多的自然来稿中发现了我，在他编辑的杂志上发表了我的处女作，建立了我对写作的信心。从那时起，我们开始互通书信，以友相待。多年来，我们却素未谋面。现在，我就行进在朋友生活着的城市，呼吸着他所呼吸的空气，沐浴着他所沐浴的风寒。我是没有理由不去见见他的。我已编辑好短信，欲约他一叙。可就在我正要按下信息发送键时，手突然停住了。我想，我与该朋友的交往，也应该像地铁一样，是隐性的。我们之间的感情都浓缩在文字里了，那是一种精神上的沟通与融合。任何的见面只能催生世俗的尴尬，我担心自己的鲁莽会扰乱对方平静的生活秩序。我们的友谊是应该像写在素纸上的文字那样，在安静中完成并持久的。

那么，我究竟要到什么地方去呢？

地铁，奔跑的地铁！

五

时间仿佛在某个柔软的刻度上停了一下，把我从地铁里抛了出来。我像刚从遥远的回忆中返回到现实的地面上来。当我朦胧的意识完全清醒，我才发现自己已经来到了一个地方，一个曾经反复出现于我的梦中，被我用心感念并敬畏的地方：地坛。

多年前，当我读到那篇名为《我与地坛》的散文时，心里就默默地记住了在北京这座城市里有一个叫作地坛的地方，同时被我记住的还有一个名叫史铁生的人，以及他的文字。那时，我的潜意识告诉我，今生一定要去地坛走走。没想到，事隔多年，我竟会伴随一辆地铁前行的节奏，抵达了它的身边，像接近我生命的核。

时光流逝，岁月沧桑。站在地坛的门口，冬日的阳光挟带着寒凉浇在我头顶，冷硬却又酥酥的热。过往的车辆喧嚣飞驰，像些行踪不定的越冬动物，躲闪腾挪。地坛已不复是我从文章中得来的印象。少了寂静，增了喧嚣。现代社会的商业巨手已将它蹂躏得面目全非。唯一给我的温暖，是两只灰色的鸟儿，它们站在左面的一堵墙沿上，露出红色的爪子，睁大黑色眼睛，迎接着我这个匆匆过客的拜访，华丽的羽毛在冬阳下闪着润泽的光芒。

我终是没有勇气走入它的内里，地坛是需要安静的，就像史铁生和他的文字需要安静。我静静地朝里望了一望，瞬间，记忆中熟悉的场景又重新在我眼前生动起来：史铁生静静地坐在轮椅上，摊开的本子置于膝盖，手中的笔不停地在上面书写着，身旁的树木伸向天空；那个爱唱歌的小伙子在不远处一直唱；一个嗜酒的老头，腰间挂着扁瓷瓶，从他跟前走过；一个漂亮而不幸的小姑娘，大约三岁，蹲在斋宫西边的小路上捡树上掉落的"小灯笼"……想着想着，我仿佛看见史铁生慢慢地从地坛里走了出来……

他走出了这个园子，也就走出了生命的困惑。

难道这里就是我需要来到的地方吗？难道我也会想念"地坛"？我再一次问自己。突然，我好似又看见史铁生坐在轮椅上，出现在我面前。他抬头朝我微笑着说，"想念地坛，就是不断地回望零度""回望地坛，回望它的安静""我想，那就不必再去地坛寻找安静，莫如在安静中寻找地坛""我已不在地坛，地坛在我"。（史铁生《想念地坛》）

我转身离开地坛，走在北京的大街上，被汹涌的人潮裹挟，冷风掀起了我的衣襟，彻骨的凉。回想史铁生说过的话，我深感自己的羞愧和悲哀。史铁生是因为心中有了地坛，才不去寻找地坛。正是因为他心中装着一个"地坛"的境界，才有了对生命的热爱，对文字的信仰，对人生命运的拷问和关怀，对人性的剖析和拯救，对民主、自由、平等和博爱的追求。而我，假如原本就是一个精神空虚、心中什么也未装得有的人，又能指望通过怎样的寻找去获得一个"地坛"——那个信仰的宇宙呢？

我究竟需要怎样的守望，才能获得内在的安静？

我想，在没有得到准确答案之前，我唯有老老实实返回那辆承载我的过去，并还将承载我的未来的"地铁"中去，与我的生命一起，隐忍而耐心地沿着我文字所努力探索的方向继续奔跑……

扁担上的摇篮

　　我是被父亲肩上的那根扁担挑着长大的，扁担两端挂着的箩筐是我人生的摇篮。

　　作为父母唯一的儿子，我自然成了他们心里最疼爱的"肉"。当时，父母整天都在为我们这个穷苦的家劳碌地创造着，早出晚归，披星戴月。母亲为将自己的精力和心思更多地花在劳作上，每天都将我一个人抛在家里，并在门上上了锁。我独自一人面对着空寂幽暗的房间，被一种死寂般的宁静吓得号啕大哭。母亲每次从山坡收工回家，不是看见我躺在屋子的角落睡着了，就是趴在屋中央的地上，逗弄那些可爱的蛐蛐、蚯蚓，周身滚满了泥沙，脸上有明显泪水爬过的痕迹。母亲一看到我可怜孤苦的样子，就会转过身去擦泪。

　　一段时间过去，估计是母亲不放心我的安全，抑或受不了再看见我那可怜巴巴的样儿，便与父亲商量，说："娃抛家里没人看，不放心，干脆咱们把他带在身边出活吧！"父亲理解并赞同母亲的想法，于是，我的活动范围，从一间屋子扩展到了山坡。

　　夏日的早晨或傍晚，母亲背着背篓扛着锄头走在前面，父亲挑着他那大而深的箩筐走后面，两个箩筐，一个装着土灰或化肥，另一个则装着我。父亲的两手紧紧握住扁担两端的箩绳，似乎箩筐中的两样东西都使他疼爱，他努力通过双手来平衡箩筐的重量，不向任何一方倾斜，用协调的力量来保护他的所爱不受损伤。我蹲在箩筐里，看见父亲的脚步在田坎上轻快地走着，箩筐轻晃，左右摇摆，感觉就像是坐在秋千上，心情从面对一间幽房的惧怕变得神清气爽。那时，我便觉得劳作是一件愉快的事。父亲的脚步越走越快，我身体的重量和土灰的重量加在一起，通过扁担压在父亲的肩上，沿着弯弯的山道，走向崎岖的山坡。渐渐地，我看见了如豆的汗珠在父亲光着的膀子上滚动，听见他如牛的气喘。那一刻，我开始钦佩父亲的伟大，人生的第一个梦想在装着我的箩筐中酝酿。天黑收工，父亲又原路挑着我返家，也许是劳动太过疲惫的缘故，回家时父亲的脚步明显没有出地时的轻快。就在父亲的扁担挑矮了坡度，挑升了繁星的时候，我早已枕着箩筐进入了梦乡。

有一天，父亲的扁担将我挑到了也能挑箩筐的年龄，我沿着父亲曾经走过的山路，学着用父亲曾用过的扁担，往山坡挑运粪便土灰，我想重现父亲当年挑灰的轻快，可我的腿脚却似灌了铅，迈不开步子。扁担的重量压在我肩上，压出了鲜红的印痕，我流着泪咒骂扁担，怨恨生活，我怀疑自己以前对生活所持的态度和判断。父亲从地上捡起被我气急之下扔掉的扁担，用汗衫擦净上面的泥土，朝我笑了笑，挑起我没能挑动的土灰向山坡爬去。那一瞬，我看见了父亲脚步的沉重和身姿的谦卑。

从那刻起，我对生活有了新的认识和思考，扁担或者说生活的重量迫使我离开故土，走进了城市。多年来，走进城市的我依然没能摆脱一根扁担的重量，它只是变了一种形式压在了我的肩上。而我的父亲呢？十天前，我回到了故乡，远远地就看到了他的背影，他仍旧挑着两筐土灰，挪动在那条熟悉的山路上，扁担还是原来那根扁担，只是颜色有些陈旧；父亲除了黑瘦，背比以前弯多了，像一根拱桥形的扁担。

饥　饿　面

五岁那年，我进了一次城，那是我第一次进城，由爷爷领着。

我决定跟爷爷进城，最直接的原因除了对村庄之外的世界的好奇，还有爷爷对我的一个承诺——答应为我买碗面吃。

一碗面，使我对城市充满了幻想。

母亲听说我要进城，甚是担心，前一天晚上睡觉时，反复在我耳边说："幺娃，城里乱，你当心点儿。别乱跑，把你爷跟紧。"又特别对爷爷嘱咐道："他爷，娃儿胆小，乡下狗儿上不得街，你给盯牢点儿。"当时，我觉得母亲的话非常啰唆，也没把她的话当回事，我满脑子幻想的都是明天在城里吃面的情景，大脑被进城的愿望填满。

其实，我并非没有吃过面条。那年月，家境虽贫寒，但家里小麦比稻谷收得多，除大半麦子被磨成面粉糊口外，剩余的就由母亲背去集镇上换成面条回来。每次母亲从集镇上换回面条，我都会高兴好几天。在我的记忆里，面条总要比面糊糊好吃。从那时起，我即对面条有了很深的感情。

每次吃面，我都会兴奋地跟在母亲身后绕着锅边转，心就像那锅中烧开的沸水，跳得老高。面条还未起锅，口水早已溢满了嘴角。面条盛在碗里，白嫩淡香。那时吃面，碗里除了放点儿油、盐，还要放一点儿颗粒状的味精，吃在嘴里异常舒心。母亲疼我，煮面时，总要在我的碗里多放一点儿猪油，吃起来就更香。母亲的关爱让我感激，我曾暗想，等我长大了，也要在母亲的碗里多放点儿油。那时，我觉得面条是世界上最好吃的食物，如果每天都有一碗面条吃，人活一生也算有福了。

面条的香味就这样在我的肠胃和记忆中存活。

直到某一天，我在和邻村的麻二虎玩耍时，他告诉我，他父亲带他进城了，还吃了一碗城里人吃的面条。他陶醉似的形容着那种面：汤是红的，有辣椒，有肉，味儿有点儿酸中带甜……他的描述逗得我口水直流。从那一刻起，我知道了这个世界上还存在着一种比我家里更好吃的面条。于是，我有了一种渴望，希望有朝一日也能进城去尝尝麻二虎说的那种城里人吃的面条。

这一次，爷爷说要带我进城，我兴奋得一夜都没睡着。

天还未亮，我和爷爷就出发了。爷爷提着一篮子鸡蛋，说是拿去城里卖。我们翻山越岭，向城市进发。可走着走着，我的脑子里又跳出了吃面条的情景。

好不容易到了城里，街上来来往往的人晃得我眼花缭乱，仿佛世界上所有的人都集中在这一个地方来了，难怪母亲说城里乱呢。我跟着爷爷，双手死死地拽着他的衣角，这是他叫我这么做的，他怕我走丢。周遭的人群像房屋的土墙将我隔在中间，我只能看到地上来回移动的脚，大的，小的，肥的，瘦的。我仍旧想着吃面条的事。我盼望自己能在那会儿瞬间变大，超出所有人的身高，那样，我就可以看到那些面铺究竟藏在什么地方了。

我记不清跟着爷爷在人群里走了多久，直到爷爷卖掉了他那一篮子鸡蛋，才把我从人群里找出来。那会儿，头顶的太阳光强烈刺眼，我的肚子在人群的挤压下瘪了下去，发出"咕咕"的叫声。爷爷似乎看穿了我的心事，他牵着我的手，来到了一条街的转角处。远远地，我嗅到一股奇特的香味，心不由得一惊：面！我睁圆了双眼，四下张望。果然，在街的边沿，出现了一家卖面的铺子。我看见一个腰上拴着围裙、头上戴着个白帽子的师傅，站在一口正冒着热气的锅边，一只手拿着很软的面条朝锅里放，一只手拿着一个竹质勺子在锅里搅拌，动作比母亲煮面时威风。我从来没有看见过这么柔软的面条。难道城里人吃的面条真的跟我家里的不一样？默想间，我听见爷爷在叫："师傅，来两碗面。"不一会儿，一个伙计便端来两碗面放在桌上。看着那面条，我的舌头已伸出大半，我从来不曾嗅到过这样香的面条。这或许就是麻二虎给我描述过的那种面条吧，但我觉得这面条比麻二虎说的那种还要香。我没有看爷爷，只顾埋头吃面。不知是梦想得以实现的缘故，还是面的确好吃，仅几分钟时间，碗里的面条连同面汤被我吃个精光。爷爷望望我，笑了笑，问："还想吃吗？"我点点头。爷爷把他剩下的大半碗面推给了我，说："吃吧。"我一句话没说，接过爷爷的半碗面条，吃了起来。两个碗里的面条将我的小肚子胀得凸了出来，像一个小鼓。突然，我感觉小腹疼痛，想撒尿。爷爷笑着说："傻孩子，吃多了吧！"说完，他领着我去了一堵墙壁的拐角处。撒完尿出来，我们没有再回到那个面铺，而是直接回了家。

回家的路上，爷爷一直没有说话。我跟在他后面，心里还在回味面条的余香。就在我们爷孙俩翻越一道山梁时，我好似瞬间记起了什么，停下不走了，拉着爷爷的手要他重新返回城里去。爷爷被我搞得很是疑惑，愤怒地吼道："龟孙子，你做啥子？都走这么远了！"我嚷着说："爷爷，我记得碗里还有半碗汤没喝，我要喝汤。""喝啥，人家早把它倒了！"爷爷大声说。我蹲在地上赖着不走，嘴里大吼："我要喝汤，我要喝汤……"我的哭声使那个闷热的午后更加焦躁。爷爷最终没能满足我的要求，给了我一个耳光，然后把我放在肩上，扛回了家。

回到家后，我一直对那忘了喝的半碗汤生出怀念，觉得挺可惜。这么多年过去了，我的心里仍惦记着那件事。

洋槐树上的钟声

一

那棵洋槐树静静地立在村头，像一个天然的守钟人，守着挂在它枝杈上的那口"钟"。那口"钟"其实是一截钢管，钢管生了锈，轻轻一撞，铁锈就纷纷往下掉，那是时间褪下来的垢甲。

洋槐树旁，便是我教书的学堂。学堂很破旧，屋檐上的椽条长期受雨水浸泡，已经腐朽。房顶上的瓦，经多次翻修，也已遮不住阳光。窗户呢，更是挡不住风的挑衅，胶纸一贴上去，疯狂的北风就伸出它的利爪，将胶纸撕成碎片。

冬天的风，是有毒的。它只要钻进教室，就把毒液泼洒在孩子们的脸上。不一会儿，孩子们的脸就红了、紫了、僵硬了。他们全身哆嗦着躲在教室的角落，像一群受伤的幼鼠。

我站在讲台上，用我微弱的气息，给孩子们送去温暖，帮助他们疗伤。

在乡村学堂，求知是次要的，我得首先教会他们如何活下去，艰难地活下去。

二

那时候，我只有十八岁，刚刚中师毕业。当我背着铺盖卷，跋山涉水，翻越十几里山路来到这所乡村小学时，我感受到的，是人生的迷茫和对未来无边无际的惶恐。村长从自家的草堆上，抱来一捆干稻草，帮我把床铺上就转身走了。留给我的，除了一间黑洞洞的屋子，便是一个人内心的荒凉。

屋子紧挨着教室，左侧是办公室，右侧是给学生们煮饭的厨房。入夜，一切都安静下来。窗外的北风使劲地拍打着窗户，像一个野蛮的盗贼，企图破窗而入。床底下，几只老鼠窃窃私语，商量着要在这个寒冷的冬夜，干一件让人类吃惊的大事。我躲在被窝里，像一只蚕，把自己裹紧。我害怕这个陌生的村子会突然蹦出一个怪物，把我吞噬掉。

但我没法入睡，也许是白天爬山的劳累，致使我元气大损。我一闭上眼，无边的黑暗便潮水般向我涌来，将我淹没，淹没我的肉体，也淹没我的灵魂。我的整个人都轻飘飘的，像浮在水面上，随波逐流。没有人为我引路，我就这样飘啊飘，飘向我的暮年。

后半夜，天下起了雨。雨滴清脆地砸在瓦上，瓦在疼，我也在疼。屋外，远远地传来一阵狗吠声，间或，还夹杂着脚步声。我从被窝里探出头，竖起耳朵仔细聆听。那脚步声越来越近，越来越清晰。我的大脑中闪过一道亮光，心底涌起一股暖流——我猜一定是村长给我送棉被来了。但遗憾的是，那脚步声突然消失了。村长并没有来。

雨越下越大，风尖锐地怒吼着。我再一次用被子裹紧自己，在漫漫长夜中守候着黎明的到来。

三

黎明是在"钟声"中醒来的。

当我第一次敲响洋槐树上的那口"钟"时，也第一次敲响了我的青春。我举起锤子，不敢使劲去敲那口"钟"。面对那口"钟"，我像面对一个老人，面对一个衰老的村庄。那"钟声"是沉闷的，喑哑的，它已经没有力量穿透岁月，但足以敲醒整个颓败的村子，敲醒村子里沉睡的十几个孩童。

那些孩子，是被我的"钟声"召集到一起来的。在此之前，他们正揉着惺忪的眼，将羊放到山坡吃草，将牛牵到河边饮水，把鸡鸭赶出圈笼……他们的人生还没开始，生活已经开始了。

听到我敲出的"钟声"后，他们都停下了正在干着的活儿，匆匆忙忙地赶到学堂。学堂对他们来说，已经很陌生。操场上长满了野草，课桌已经发霉。只有黑板上还能隐约看见上一位老师留下的两个字迹。我仔细辨认了一下，那是两个"人"字。"人"字，是最易写的一个字，却又是最难写的一个字。

我把孩子们赶进教室，按照高矮顺序，给他们编好座位。可孩子们并不按我编排的座位入座，他们有自己的排序。他们排序的依据，是力气的大小、性格的强弱。力气大的，性格要强的，就坐前排，反之，就只能坐中间或后排。我看他们小小年纪，就已经学会了竞争那一套。我不知道该欣喜还是悲哀。

我试图唤回他们的童真、慈悲和友善。

我关上书本，打开了心。我教他们重新认识泥土和天空、玉米和高粱、大豆和麦子、蚂蚁和鱼虾……但孩子们并不希望我教他们这些。我所教的这一切，他们自从来到这个世界就早已见怪不惊。他们希望我讲的，是他们所不知道的东西。可我只是个中师生，跟他们一样，又是个农村孩子，学到的知识有限，视野狭窄。外面的很多事情，我也不懂。我们同是一群被世界遗忘了的孩子，这是我们共同的命运。

于是，我只能以我对外部世界的想象，来激发他们对未来人生的想象。我向他们虚构了很多我所不知道的东西。比如，城市里的面包，长在马路边的一棵树，养在公园里的一只鸟……后来，我发现我所虚构的事物，都来源于乡村。这么说，我并没有走出我的生活常识和经验。不过，我已经在虚构中，把那群刁蛮的野孩子，越带越远。他们开始渐渐喜欢上了我，我成了他们逃离生活的一艘船。他们争先恐后地想登上我这艘满载希望的小船，驶向更加广阔的自由的世界。

孩子们那一双双饥渴而又无助的眼睛，深深地刺痛了我。

四

下课后，我带领孩子们在操坝上做游戏。他们紧跟在我身后，连成一条线，像一根绳子上拴着的蚂蚱。我们玩的是"老鹰捉小鸡"的游戏，我扮演的是鸡妈妈的角色。跟在我身后的那些稚嫩的"小鸡"，都是我的孩子。他们在我羽翼的保护下，躲避着"老鹰"的追捕，也躲避着命运的追捕。虽然，这些可怜的"小鸡"，一只也没有被叼走，但他们已经被"老鹰"紧紧地盯住。稍一疏忽，就有可能被吃掉。我必须尽快让他们羽翼丰满，学会自我生存。我能保护他们一时，却不能保护他们一世。

上劳动课时，我带领他们去树林里捡干柴。我教他们如何爬树，去把树上的枯枝掰下来。然后，又教他们如何把掰下来的枯树枝码整齐，用绳子捆好，再将它们一捆捆搬回学校，放在屋檐下，储藏起来。这将是我们每天中午在学校煮饭用的燃料。孩子们在做这一切的时候，是团结的。团结使他们获得了力量，也使他们充满了信心。我必须让他们明白，不管做任何事情，单凭个人的力量，是不够的。

有了大量的柴火，就有了可靠的物质基础。每天上午第四节课，我都要轮流让三四个学生去灶房生火煮饭。只有这样，才能保证他们的作息有规律。米、菜都是学生早晨从家里带来的，只需烧火煮熟，就可以吃了。每个学生都会煮饭，这是我感到自豪的地方。这说明，他们即使离开了父母，也不至于被饿死。

煮饭最难的是挑水。学校附近没有水井，每次煮饭，都要跑到村头的那口古井里去挑水。孩子们小，没有力气挑水，只能由两人抬。水桶压在他们肩上，沉甸甸的。看见他们歪歪扭扭地走在路上，满头大汗，我就莫名的心酸。为了鼓励孩子们，我对他们说："自己动手，丰衣足食。你看，太阳都被你们装在桶里抬着呢。能抬起太阳的人，将来一定是干大事情的人。"孩子们看看水桶里太阳的影子，咬咬牙，走得更加沉稳。桶里的水洒了一路，阳光也跟着洒了一路，金光灿灿。

下午的最后一次"钟声"响过，太阳就落山了。夕阳在天边撒下万道霞光，照着放学的孩子们。他们三三两两，有说有笑，走在晚风中，走在回家的路上。有几个女孩子，唱起了儿歌，歌声清脆，跟随晚风飘得很远，飘过山川与河流，飘过童年与梦境。那些男孩子，更是性子野，在歌声的陪伴下跑到某块豌豆田里打滚，学蚯蚓找妈妈。泥巴糊满他们的身子，并充塞他们人生的记忆。只是可惜了那块青青的豌豆田，豌豆才刚刚上藤，就被这群无知的少年践踏了。最终等待他们的，无疑是豌豆田的主人厉声的责骂。

多少乡下孩子，就这么在别人的咒骂声中长大，长成一条汉子。

五

　　除了一点生存的技能外，我无法教会孩子们更多。在孩子们眼中，我是一个老师。可在村民们眼中，我不过是一个读过几天书的大男孩而已，或者说，是一个孩子王。我无法使这个贫穷的村子致富，甚至，我无法理解一个农人的鼾声。我对这个村庄来说，是脆弱的。

　　每天，孩子们放学后，学校又重新空寂下来。我站在空空的讲台上，有种失落的感觉。讲台下空着的每一个位置，仿佛都是留给我自己的。我是我自己的学生，我也是我自己的老师。我无法走出我自己，更无法超越我自己。我排除不了内心的落寞和痛苦。

　　那口"钟"成了我唯一的知音。

　　每当我意志消沉，或思念家人的时候，就会走到洋槐树下，敲响那口"钟"，替自己壮胆。那"钟声"里，寄托着一个成年男人的情感。无数次，我把自己想象成一个修道的和尚。那所学堂，便是寺庙。那口"钟"，便是晨钟，也是暮鼓。多少个日月春秋，多少次斗转星移，我就那样盘坐在破屋里，青灯黄卷，面壁参禅。

　　夜深人静之时，我就把自己带来的一箱子书拿出来，一本接一本地读。那些书，曾是我的精神盛宴，我爱它们，胜过于爱自己。它们是《论语》《史记》《南华经》《道德经》《千家诗》《古文观止》《唐诗三百首》《宋词三百首》……我从这些故纸堆里，打捞生活的诗意，从而滋润我的心田和灵魂。这些书，不知被我翻过多少遍，有的书页，已被我翻得破损不堪。书中的段落，深深地刻进了我的记忆里。夏天，我吟诵古诗，来消解燠热；冬天，我背诵经文，来抵御寒冷。我在书中死去，又从书中复活。

　　是书，拯救了我。

　　熟读了几本书之后，便有了写的冲动。雁过留声，人过留迹。我不能把自己的青春岁月白白地荒废掉，我必须为它们留下点什么，至少，为我的晚年留下点回忆。于是，我开始在学生用的那种作业本上，记录我的生活。我写下了青春期的苦闷，写下了这个山村的贫瘠，写下了孩子们的茫然。当然，我也写下了这所破败的学堂，学堂旁苍老的洋槐树，洋槐树上传出的苍老的"钟声"……

　　我把一个个写完的作业本，装订在一起，寄给在县城里上班的女友。女友看完我写的那一沓厚厚的文字后，特意跑来这个偏僻的山村看望过我一次。她一见到我，就泪流满面。我带着她，在这个村子里转了一圈，并让她给孩子们上了一节课。那节课，她上得很艰难。我坐在学生们中间，静静地听她讲。讲到动情处，她几次掉下眼泪。下课的时候，她朗诵了一段我写的文字。她哭了，我也哭了，孩子们也哭了。

　　女友走的时候，我让她敲了一次"钟"。她使了很大的劲儿，"钟声"把树上的洋槐花簌簌地震落一地。女友凝视着飘飞的白色花瓣，沉思良久。然后，她深情地对我说："你真不容易。"我说："活着，本就不轻松。"

六

　　学堂终于要被拆了。

　　正是洋槐树开花的季节，老村长来找我谈过一次话。我们并肩坐在洋槐树下，风吹来，不时有花瓣落下。我捡起一串，凑近嗅嗅，有一丝淡淡的苦香。村长点燃一袋烟，淡蓝色的烟雾从洋槐树的枝丫中腾起，驱散了树上采蜜的蜜蜂。村长说："学堂要被拆了，镇里已经下了文，要将学堂合并到镇上，一切为孩子们着想。"

　　听完村长的话，我的心里浮起一丝喜悦，也浮起一缕感伤。我站起来，最后一次敲响了那口"钟"，几乎用尽了全身的力气，大概村子里的人都听到了我敲出的"钟声"。那天黄昏，村民们停下手中的活儿，站在山坡上，朝学堂的方向望。孩子们都集中在洋槐树下，齐整整站成一排，像在跟那口"钟"行注目礼，作告别。当"钟声"停止的时候，孩子们个个表情凝重。村长抽完他那袋烟，就拿来梯子，取下了那口"老钟"，说："拿回村里作纪念。"

被取下"钟"的洋槐树，像被锯掉了一截枝丫。它的痛，在我们每一个人的身上蔓延。

当天夜里，我收拾好自己的行装，正准备入睡，突然响起了敲门声。我打开门一看，是他们——我的那十几个学生。他们有的手提鸡蛋，有的手捧自己折叠的纸船——船上写满了我和全班同学的名字。借着微弱的灯光，我看到他们脸上挂着泪水。我让他们进屋，屋子里顿时升起一股暖流。

那夜，我们围成一个圈，坐到很晚。

我给孩子们上了最后一节课——一节没有书本、没有粉笔、没有黑板的课。

第二天，我离开学堂的时候，学生以及学生家长都跟来送我。他们一直把我送出很远，我几次叫他们回去，可他们就是不停下脚步。

我说："大家请回吧，等明年春天，我还会回来看槐花，看你们，看这块土地。"他们听我如此说，才止了步。

我背着沉沉的行囊，像背着洋槐树上的那口"老钟"。就在我快要走出村子的时候，我隐约听到学堂传来一阵"钟声"。那钟声，是那样悠长，那样浑厚……听得我热泪滂沱。

我停下脚步，回头看了一眼。

身后，是一双双迷茫的眼睛和一个个战栗的灵魂。

贴着大地生活

一

我从城市回到乡下，除了几本要看的书以外，什么也没带。在城市里生活，肉体和精神的负累已经够沉重了，我不想再把这沉重带到乡下去，否则，生命将不能承受其重，心灵也会变得伤痕累累。倘若在这个世界上短暂求活人，都活成这般苦不堪言，也真够可悲的了，又哪来快乐和幸福可言呢？

最先出来迎接我回乡的是风。这么多年了，风还认识我。它能嗅出我身上的气味——那种带着草香和泥土的气息。我是被风吹着长大的，它们熟悉我的脾气和性格，就像我熟知它们的体态和呼吸。在我童年的记忆里，风总是和落日连在一起的。傍晚时分，我背着背篓，或牵着一头牛，走在山间的小路上。风吹着路边的野草和树叶，"沙沙沙"的声音，像成千上万只春蚕在啃食桑叶。夕阳像画家的颜料，从远处的天幕上泼下来，形成一幅抽象画。那是自然的大写意，是风雕刻出来的人间杰作。我在风中走着，在大地上走着。我追赶着风，牛追赶着我。风改变了乡间的时间和岁月，也改变了乡村人的日子和憧憬。

路边的野花次第开放，黄的、紫的、粉红的……安静而不张扬，却又带着点野性。小时候，我曾将一朵野花偷偷地放进一个姑娘的书包里，以表达我对她的喜欢；我也曾将一束野花献给一只死去的麻雀。野花给过我太多情感上的慰藉和青春期的梦想。蜜蜂是最爱花，也是最懂花的。它们围着花朵翩翩飞舞，仿佛几个姑娘在向意中人诉说心事。"嗡嗡嗡"的声音，压得很低，生怕过路的行人偷听到了自己的私语。蜜蜂和花朵都是害羞的。

太阳红彤彤的，像一枚印在天空的印章。路旁的草叶上，还挂着露珠。那一颗一颗的露珠，晶莹，圆润，蕴藏着季节的秘密。我弯下腰，摘一片草叶，把那露珠滴入自己的眼眶里。顿时，我的眼睛变得清亮起来，似揭去了蒙在我眼睛上的一层荫翳。幼时，我早晨从床上爬起，揉着惺忪的眼，便向屋后的竹林走去，摘一滴竹叶尖上的露珠，放入眼里，周身瞬间就被激活了，慵倦退去，神清气爽，人的气脉一下子与天地接通了。我爷爷一直用这种方法来进行视力保养，他称竹叶尖上的露珠为"神水"，说长期用"神水"洗眼，不但明目，还延寿。我爷爷活了七十几岁，眼睛一直很好。他说，多亏了"神水"，让他没做睁眼瞎。他活了一辈子，是把这个世界看清楚、看明白了的，也把自己的人生活通透了的。

认识我的，还有那些树。多年不见，它们都长得茂盛、葳蕤了。树冠像一把把翠绿的伞，罩着地面。干活累了的人，可以到树荫底下歇一歇，或打个盹，缓解身心的疲劳。夏日里，许多鸟儿喜欢来树上筑巢，叽叽喳喳闹翻了天。有时，人从树下走过，听到鸟叫，抬头一看，一泡鸟屎正好砸中额头。生气间，忍不住想骂一句鸟。可话未出口，头顶的鸟儿却唱着欢快的歌，展翅飞远了。留给你的，只有郁闷，只有委屈，只有抱怨，只有酸楚。

树的品种很多，有刺槐、麻柳、苦楝树、泡桐树、柏树、李子树、椿芽树……我最喜欢的是李子树，倒不是它有果实可吃，而是因为那洁白的李花。我喜欢李花的素洁、干净。几场风一吹，它就静静地开放了。一点都不张扬，不像桃花那么红艳，招惹是非。我至今保存的一个笔记本上，还有我曾用铅笔勾勒出的一幅李花图。而且，我还给这幅画起了一个雅致的名字：夕照李花。李花开在树上，也开在我的心里。开在树上的花，是短暂的；而开在心上的花，却永不凋零。

　　椿芽树给我的记忆最深，它常常和我母亲的头痛病联系在一起。那时候，母亲经常喊头痛，头一痛，就叫我爬上树去摘椿芽。母亲说，用椿芽炒鸡蛋吃，可以治头痛。母亲也不知道这个偏方是从哪里来的，好像是听奶奶说的，抑或是听外婆说的。总之，我为母亲摘过无数次椿芽，可就是不见她的头痛病好。母亲头痛病严重的时候，就用一张白帕子，死死缠住额头，痛得在床上滚来滚去，汗珠一颗颗往下掉。我见母亲可怜，下午割草的时候，都不忘爬上树为她摘椿芽。好几次，我从树上摔下来，把头磕破了，血水一样朝外流，吓得跟我一块割草的伙伴哇哇大哭。为不让母亲发现，我先用地瓜藤流出的汁液把血止住，然后，朝脸上抹泥巴。这样，母亲就不容易发现了。可母亲到底还是识破了我的伪装，她忍受着疼痛问我："你头上的伤是怎么回事？"我说："割草时不小心摔的。"母亲说："编吧，接着编。"一阵沉默之后，母亲一把将我拉过去，揽进怀里，抱头痛哭。一边哭，一边抚摸着我的头说："乖孩子，以后别再为妈妈摘椿芽了，听话。"我点点头，也跟着哭了起来。很伤心，很绝望。后来，我才知道，我为母亲摘回的椿芽，她并不是炒鸡蛋吃的，而是在滚水里氽一下，就强迫自己咽下去了。母亲把家里的那些鸡蛋，统统变成了我和父亲的口粮。

　　树总是跟我的生命达成了一种默契，它们给过我希望，也给过我失望。我曾清楚地记得，在那些暗淡的黄昏，我走进那片树林，坐在铺满落叶的地上，看倦鸟归巢，听风吹树响；看星星如何穿过林梢，送来夜的宁静；听虫鸣怎样从地缝钻出来，带着月光的气息……

我的每一次返乡，其实都是在返回一棵树的过程。

二

夜里，周围异常清静。父母劳动了一天，早早地睡了。我怕影响他们睡觉，索性拉灭了电灯，点上一支蜡烛。暗黄的光影投到墙壁上，冷冷的，宛如我儿时的记忆，朦胧、缥缈，带着几分缠绵和温暖。躺在床上，即躺在故乡的胸脯上。床底下，两只老鼠在叙旧，有悲伤，也有疼痛；有喜悦，也有美好。它们说到自己的童年、青年和壮年，说到时间的无情和岁月的沉重。自然，它们还说到了这张床，床上躺过的人。在我出生之前，一直是我的父母在这张床上睡觉，我出生后，床上便多了一个我。再后来，等我长大了，有了单独的床，那张床又重新归属于我的父母。而老鼠们，也在这张床底下，繁衍它们的后代。人知道不少老鼠的秘密，老鼠也知道不少人的隐私。那些荒凉的夜晚，老鼠们目睹了一个人的出生，见证了两个人的苍老，聆听过三个人的梦呓和鼾声。只有床是沉默的，它似一个隐忍的智者，紧贴着大地，有几分孤寂的美。

蟋蟀是天生的歌唱家，集体躲在墙壁缝里举行烛光晚会。歌声低沉，迂回，短促，苍劲。这种久违的乐音，让我心静如水。我披衣下床，端着蜡烛四处搜寻，欲捉一只来玩。可只要我稍微靠近墙根，那声音便戛然而止。待我转身离开，歌声又四起，美妙无比。我是听着蟋蟀的歌声长大的。有一年，我因故辍学，整天在家闷得慌，食欲不振，精神萎靡，身体一天比一天消瘦。母亲每晚为我泪湿枕头，眼睛都哭肿了。父亲为了安慰我，也安慰他自己，亲手替我编织了一个蟋蟀笼子。还跑去野草丛里逮来两只蟋蟀，关进笼子里，逗我开心。那段时间，我一直把那个笼子放在床边的柜子上。晚上寂寞得无法入睡的时候，就睁着眼看笼子里的蟋蟀相互打斗，听胜利者的赞歌，以此来消解心中的忧愁和落寞。那两只蟋蟀，曾给过我莫大的精神慰藉和心灵抚慰。那个蟋蟀笼子，至今还被我保存着，它将伴随我一生。那个笼子给我的，何止是两只蟋蟀的快乐啊！

夜越来越凉，我却并不感觉冷。蜡烛的火苗越燃越旺，照亮黑暗的屋子，照亮这个古老的小村，也照亮我的心。小时候，没有电的日子，屋里就点燃一盏煤油灯。我在灯下看书、写字，母亲在灯下织毛衣、纳鞋底，父亲则坐在矮凳上编箩筐。一盏灯，给了我们生活的曙光。现在，父母都老了，一盏灯，已经无法给予他们更多的温暖，但他们仍在为一盏灯而活着。我也在为一盏灯而活着。我们彼此都能感觉到那盏灯的存在，它就燃在我们的心里，燃在我们相互的挂牵和祝福里。

隔壁依稀传来父母熟睡的鼾声，那么轻柔，又那么粗粝，像是从大地深处发出来的，带着庄稼和野草的气味。从这鼾声里，我听出了被岁月碾压过后的疲惫，更听出了被霜雪摧残之后的坚韧……

这个夜晚，我注定无法入眠。沉重的肉身束缚不了渴望朴素的心灵。辗转反侧后，翻开书本，泛黄的纸页上，恰是东坡词句，"长恨此身非我有，何时忘却营营"，人生的苦恼再次涌上心头。我索性连蜡烛也吹灭，打开房门，向院坝走去。

院坝一旁堆满了母亲割的柴草，那些草经过了一个冬天，散发出淡淡的苦味。我走过去，靠草堆坐下，一股薄凉从臀部蹿至背脊。我打了个冷战，寒气像一层纱，裹住了我。望望夜空，一弯新月高挂，明晃晃的，照着安静的大地。这月亮，曾照过多少帝王将相，照过多少英雄豪杰，照过多少才子佳人……可如今，他们安在？月色依旧，魂兮归来。仔细想想，多少往事付诸笑谈，多少苍生寄予流水。该消逝的都消逝了，该淡漠的也已淡漠。是非功过，宠辱得失，悲欢离合，恩怨纷争，有哪一样不烟消云散，抵得过一抹月色的宁静！

一阵明显的风，送来花的清香。环顾四周，却并不见花，但我又的确嗅到了花香。也许，这花香是从我的心底，抑或记忆里飘散出来的吧。我推开院坝的栅栏，向左边的菜圃走去。菜圃里，满是母亲栽的蔬菜：莴苣、四季豆、小白菜……青油油的，绿得鲜嫩。几只萤火虫趴在菜叶子上，发出黄绿色的光，夜便多了几分柔情和浪漫。我蹲在菜圃中，俯耳贴近蔬菜，仿佛听到了它们伸懒腰的声音，那么清晰，那么富有质感。我还听到了蚯蚓在泥土里拱动的声音，它们是天生的"松土工"，以无私的劳动，帮助蔬菜吸收土里的养分。

菜圃的边上，两棵高大的梧桐树，直指苍穹。其中一棵树上，筑着一个鸟巢。近看，酷似一顶倒扣的毛毡帽。巢里不时发出两声鸟叫，我猜想，那一定是我无意中闯入了鸟雀的幽梦。它们认出了我这个乡下孩子，在睡梦中向我问好。动物是极通人性的，它们也有尊严，内心孤傲，喜欢本质上朴素的人，讨厌那种满身市侩气，一离开乡村就忘了祖宗、忘了根的人。

重新回到院坝，雾气濡湿了地面和草堆。一只猫，静静地卧在院墙上。身子蜷缩成一团，把温暖抱住。那种简单到极致的幸福，真让人羡慕。我们家那条小黄狗，也乖乖地睡在墙根，守着我们这座简陋的房屋，屋檐下挂着的犁铧、锄头、镰刀……

这一夜，我是活得过于奢侈了，我发现了不少自然界的细节和秘密，我重新成了一个与大地厮守的人。

三

早晨的空气，湿漉漉的，透着薄凉。远山近树，全被雾岚罩住。村边的古井旁，有几个人在挑水。井壁上，爬满了青苔。井口的几块条石，凹陷下去，被磨损得光滑了。历代村民都饮这口井里的水。那些曾经饮过井水的人，有的已不在人世了，而这口井还在。井里的水，依然从地心深处汨汨地冒出来，滋养着这个村庄，以及村庄里的植物和动物。记忆中，无论是夏天，还是冬天，母亲起床后做的第一件事，就是去井边挑水。我站在院坝边，默默地看着她肩挑两个大大的木桶，向古井边走去。那瘦削的背影，那水桶搅动井水的声音，那提水揽绳的动作，一直在我的脑海中放映。这是母亲给我的最为深刻的印象。多年来，她和那口井一起，植入了我的生命。每每想起，都有一种辛酸中的温暖，让我饱含热泪。我感念那一口幽深的井，以及那像井一样幽深的生活。

那口井，还是一面镜子，照过我的童年，也照过我的青春。母亲是断然不敢让我们去井边玩耍的，时刻都提防着我们。只要我们一靠近井边，她就气势汹汹地从厨房跑出来吼道："远点耍，掉下去咋办。"我们像受惊的兔子，匆匆逃开。母亲不在家的时候，那口井则对我们具有天然的吸引力。邀约三两伙伴，偷偷揭开井盖，趴在井沿上，朝井里丢石子。石头落水的"咚咚"声，曾激起我们心中无限涟漪。我们还朝井下喊话，你一句，他一句，回音悠长，伴着串串笑声。那笑声里，夹杂着乡下孩子的顽皮和率真，夹杂着成长的忧喜和心灵的秘密。我们那几张稚气的脸，倒映在水面上，水一样干净。我们互相扮着鬼脸，逗自己开心。扮着扮着，一只青蛙跳入井中，打破了水面的宁静。水波扩散，起了皱褶。我们的脸也跟着破碎了。同时破碎的，还有我们的童年光景——那些简单的快乐和忧伤。

有一段时间，那口古井突然沉寂了。像一个垂暮老者，沉沉睡去。那个圆圆的井盖，像一张大饼，遮住了井下的动静，也遮住了时间和悲伤。我们从此再也不敢去井边玩耍。挑水的人们也不再去井里挑水，而是跑到村头的池塘里去挑。井变得诡异起来，远远望它一眼，都会使人毛骨悚然。这一切，源于一个孩子的死亡。那个孩子，比我们大不了几岁。一天放学后，他请求母亲为其买一双白网鞋。说学校里某某同学刚买了一双，穿着很好看。母亲没有答应他的请求，只说家里缺钱，学费还欠着呢，等圈里的猪喂大卖掉后再买吧。孩子也没有反驳，事情就这样过去了。待到天快黑尽的时候，孩子的母亲发现儿子失踪了。她一边哭一边找，哭声惊动了村里所有人家。全村的人都在喊孩子的名字，可没人回应。最终，当人们打着火把，从古井里把孩子捞上来后，发现孩子那双打起茧子的脚上，套着两只塑料凉鞋。其中一只，鞋底已经磨穿，鞋襻也已断裂，断裂处，用一条布带缠了又缠。

　　孩子死去不久，孩子的母亲就疯了。疯了的母亲，常常守在井边，从清晨坐到傍晚，从傍晚坐到深夜，又从深夜坐到黎明。春去秋来，几番霜雪过后，肉体和精神的创伤，都被琐碎的生活抹平了。渐渐地，村民们又开始饮用这口井里的水。死去的人死去了，活着的人继续活着。只是，逢年过节，人们都不忘去井边烧一沓纸、上一炷香。悼念消逝的人，消逝的日子……直到另一个季节，从消逝中抬起头，缓缓走向大地。

　　跟古井差不多老的，是那棵黄葛树。虬枝盘错，根深深地抓住泥土。每一条根，都是一段光阴。那粗大的树干，需两个大人伸手合抱，方能箍住。黄葛树的叶子，四季常青，总是那么绿，那么沉静。你很难看到时光从它身上走过的痕迹，仿佛它永远不老，抑或它就是时间本身。曾经，在它的绿荫掩盖下，光着屁股逮蚂蚱，躬着脊背捉蛐蛐，匍匐身子掏蚯蚓的那帮顽童，个个都已人到壮年。经历了生活的摔打和磨砺，饱尝了人世的辛酸和凄楚，变得成熟，也世故了。可只有它，依然苍劲，挺拔，傲岸，坚韧。风雪压不屈它，骄阳晒不枯它，一副永远冷眼看世间的姿态。

　　夏日傍晚，村中的老人各自端了凳子，聚在黄葛树下乘凉，拉家常。手里摇着蒲扇，摇得很轻，很自在。渴了，就舀一碗井水，咕咕灌下肚，一身清凉。他们年轻的时候，没有时间清闲。现在老了，劳累了一生，总得留点时间给自己。他们坐在树下，围一个圈，面对一棵树，开始回忆往事——庄稼，风雨，泥土和天空，人和牲畜，繁衍和衰老……事儿还是那些事儿，今天谈完，明天接着谈。周而复始，百谈不厌。人老了，大概都这样吧，喜欢唠叨，把一件小事情重复上千遍。听的人或许早就不耐烦了，但他们不管这些，他们不需要听众。他们只说给自己听。人活到这个份上，已经没有人能够走进他们的内心了。他们唯一能做的，就是把自己交给自己，把孤单交给孤单，把衰老还给衰老，把痛还给痛。大多数的人，就这么在回忆中走完一生。

　　比那些老人有趣味的，是村中的妇女。中午或黄昏，她们提桶拿盆来井边洗衣服。衣服有丈夫的，儿女的，也有公公婆婆的。她们勤劳、贤惠、孝顺，有着农村妇女的朴实和善良。衣服都很旧了，有的还打了补丁。但她们的日子是快乐的，心情也是愉快的。她们边洗衣服边聊天，聊自己的儿子，谈自己的丈夫。当然，也少不了说说女人的私房话。说高兴了，就哈哈大笑。那笑声，像一袋种子，被风吹得四处乱飞。种子落在什么地方，就会生长出一个女人的气息和柔情。

　　树和女人，都是一个村庄的美学。

四

　　母亲在地里除草，锄头旧了，却依然锃亮。锄头是母亲手的延伸，它替母亲抵达了土地的深处。母亲信赖锄头，胜过信赖自己。锄头上，储藏有母亲的体温和汗水、欢笑和忧愁。锄头每挖一锄地，母亲的手就粗糙一次，额际上就多一道皱纹。那一块块被锄头翻挖过的土地，便是母亲一生的疆土。岁月轮回，秋收冬藏。母亲在那些贫瘠的土地上收获过高粱、大豆、小麦、红薯……也收获过炎热、霜冻、眼泪、苦痛……

母亲用她收获的粮食，喂大了我，也撑起了我们这个家。但锄头，也挖掉了母亲的风华和美丽，以及女人所特有的灵秀。

我站在田垄上，担心累着母亲，劝她歇一歇。母亲头也不抬地说："累不坏。"我抢过母亲手里的锄头，想帮她锄地。可手中的锄头就是不听使唤，还差一点挖到我的脚趾。母亲朝我笑笑，说："锄头也认人。"说完，她夺过锄头，又埋头锄起地来。我一下子感到羞愧。我一直自称土地的儿子，却不想已与土地有着如此之深的隔膜。到底是土地亏待了我，还是我背离了土地呢？我摸摸手掌，被锄柄磨出的两个血泡，像两颗硕大的红痣。一阵尖锐的刺痛，火辣辣的，穿过我的手心，直逼情感而来，让我来不及防范和躲藏。凝视着母亲俯向大地的身影，我看到了一种深刻的宁静。那宁静，足以让人再活一次。

被刈除杂草的田地，粗粝，却也光鲜。我曾赤脚站在泥地上，让黏软的泥土塞满我的趾缝。那种薄凉、痒痒的感觉，值得用一生去铭记。

仍记得那些时光暗淡的午后。父母在地里辛勤地劳作，我则独自蹲在离他们不远的一个角落，捏泥塑。我像揉面团一样，把泥土搓成各种形状，凭想象随意造型。马、牛、狗、猫……在我的手下变魔术似的出现，简单，大写意，不饰雕琢。它们赤裸裸，我也赤裸裸。父母挖一会儿地，就扭头看看我。目光刚一触碰，就融合了。像风遇到风，像水遇到水。父母在用泥土塑造他们的生活和人生，我也在用泥土塑造我的性格和世界观。

我离开故土已经很多年了。这许多年来，我像一片浮萍，借着一点风，漂来漂去，无根，悬浮。我不知多少次在梦里，看见父亲坐在一片山坡上，望着落日，点燃一袋烟，守着地里的庄稼；看见母亲弓着腰，走在菜地里，捉菜叶上的青虫。青虫毛茸茸的，肥胖胖的，日子过得逍遥而从容；看见我——一个浪子，游走在田野上，四顾茫茫，无所依……

　　没有我在的日子，母亲一定也是寂寞的。不然，她就不会每天上坡干活时，都把那头山羊带在身边。那头羊，是她的另一个儿子。山羊很听母亲的话，让它跪下就跪下。跪下后，还用嘴去蹭母亲的腿。那种亲昵，那种情分，让人动容。母亲总是用上等的青草来喂养它。羊吃饱草后，就乖乖地卧在地垄边，陪母亲干活。自己的儿女靠不住，伴着一头羊老去，也是好的。至少，不至于让自己的晚年活得那么凄凉、落寞，失去尊严。父母是儿女的另一片大地、另一个故乡，是精神的根、血脉的藤。而儿女，则是父母最后的牵挂、最大的伤、最深的痛。

　　重新走在故乡的大地上，我想到许多的事、许多的人。有内疚，有忏悔，有难过，有感恩……我憎恨过往生活的虚假和麻木，痛惜曾为那些毫无意义的人际纠纷、尔虞我诈所消耗掉的光阴。世间没有一样东西是没有道理的，你在生活中苦苦求索所得到的，并不比你从中失去的多。日子过一天，就少一天。身后的事，终归是寂寞的。最终接纳你的，唯有大地。

风吹在贴着纸的墙上

早晨或者黄昏，都有风从城市的中心或边沿吹来，停在那面墙上，伸出手，翻弄墙上贴着的那些密密麻麻、规格不一的纸张。这是风在做一件善事。它翻弄那些纸张，不是它多情，而是它心肠软，它在翻给墙下随时站着的那一大圈人看。它不想从那些人的目光里看到更多的焦渴和迷茫。

我第一次走进那面墙，是一个傍晚。我刚从一个遥远荒僻的乡村来到这座城市，黧黑的脸上还没有褪掉旅途颠簸所造成的疲惫。天快黑了。饥饿折磨着我，我的内心澎湃着城市的喧嚣。就在我抬头仔细辨认这座城市的方向时，我看见了那面墙，和墙下围着的一大圈人。那些人跟我一样，背包扛箱，疲惫的面容像这座城市的路灯般暗淡。他们不是这座城市里的人，这可以从他们的衣着、举止上得出判断。他们也不是来自同一个地方，这可以从他们说的方言里得出结论。但他们却不约而同地站在了一起，将目光聚焦在同一面墙上，以及墙上面贴着的纸上——那些纸上写满了一个城市的秘密。

一面冰冷的墙就这样温暖了这座城市里的流浪者。

我慢慢地走进看墙人群中，我们彼此沉默着，像墙上贴的纸，苍白，隔着距离。但每个人的内心却又极度复杂、错乱。没有人知道墙上的纸是谁贴上去的，我们永远看不见那双贴纸的手，我们来自另一个世界，我们生长的根不在这里。我们只知道，墙上的这些纸是专门贴给无根的人看的。城里人怎么可能去看这些凌乱的纸呢，这些纸在他们眼中是没消过毒的病原体，看一眼就会惹来晦气。他们要看，也顶多是在上班或下班经过那些贴满纸的墙时，斜眼瞅瞅墙下围着的人群，像看一幅另类风格画。涵养稍好的，会礼貌性地拍拍其中某个人的肩膀："同志，让一让。"涵养不好的，会用手捂着嘴巴，脸转向一侧，屁股朝着看墙的人，放个响屁，轻松走掉。

天色暗下来。昏黄的光线笼罩着墙面，刺激着看墙人的视觉。站着的每个人都在努力从墙上的纸中寻找可能改变自己命运的信息：车工、钳工、保姆、店员、文员、迎宾……不少人从背上的蛇皮口袋里掏出半截铅笔头，在一个皱巴巴的小本子上记录着电话号码。性情急躁的干脆直接就从墙上把纸撕下来，藏进怀里，表情比捡到一张粮票还高兴。不一会儿，一面墙上的纸被撕个精光。当我最后一个撕下墙上最后一张纸时，天已黑尽。

一张薄薄的纸就这样使很多的人相信了活着的幸福。

那个早晨亮得特别早。我紧拽着昨晚从墙上撕下的那张纸，走在街上，像走在洒满阳光的道路上，尽管秋风正在威胁树枝上的黄叶。当我颤抖的手指拨通那张纸上所写的电话时，耳朵里传来一阵女声："你好，××公司，有事请讲。"或许是有些激动，加之我拗口的方言，我饶了好半天舌，才让对方明白我的意思。虽然那个接电话的女子对我表现出极大的耐心和宽容，但我还是感受到了她温婉语气下压制的怒火。

我遵照女子的交代，像一只迷路且胆小的野兔，在这座城市里东窜西拐，做着别人不知道的梦。当我如负重的蜗牛找到那家公司时，我看见办公室里坐满了人。他们神情凝重，面面相觑。我敲了敲门，进屋找个位置坐下，一个打扮靓丽的女孩走过来，给我递上一杯白开水。我头一次感受到被人关怀的滋味，在异乡。我双手紧捧着那个滚烫的杯子，泪水在眼眶中打转。我竭力控制着自己的情绪，尽量不在别人面前丢丑、失态。于是，我抬眼，望着窗外，深秋的阳光，静好。我用手指轻轻拭去眼角的泪珠，这时，我发现屋子里坐着的其他人都冷冷地盯着我，目露凶光，充满仇视。他们对后进入那间办公室的每个人似乎都这样，多一个人就多一个竞争对手，而公司的录用名额有限。以至于，当公司领导向我表示出首肯时，我没怎么犹豫，就答应了对方的条件，将身上仅有的几百元钱交出作了押金。

从办公室出来，秋风吹在我的脸上，神清气爽。虽然，我不认识街上走着的任何一个人，却觉得每个人都无比熟悉。仿佛我在这座城市里生活了十年、二十年，每一条街道都在引领我回家。

事情如你所想象，我是在去上班时，听到那些人的哭泣的。他们拥堵在我昨天去的那间办公室外，或依或靠，或坐或卧，混乱的场景一如那间被搬空了用具后的办公室里所抛弃的东西。目睹他们悲伤的样子，我低下头，唯余叹息。他们的手中都捏着一张纸，也是从某面墙上撕下来的。我想，这些人应该都和我一样，曾在那间办公室里接受过来自异乡的善意和温暖，也曾毫不犹豫地掏出身上仅有的几百元钱，为自己的人生押下赌注。

那天上午，那些人没完没了的哭声，把一个秋天弄得比一个冬天还冷。我重新成了一个饥寒交迫的人，被城市的喧嚣淹没。我慢慢地从裤袋里掏出那张已被我揉成一团的纸，抹平，再揉皱，再抹平。然后，撕得粉碎，抛向空中。

命薄如纸，生活呢？也像纸一样脆弱吗？我问自己。

仍旧有风从城市的中心或边沿吹来，停在一面墙上。那墙上的纸越贴越多，墙下站着的人也越来越多。人的面孔不断在变，纸上的内容也不断在更新。

有一天，闲着无事，我沿着这座城市的马路行走。所到之处，都能看见那样的墙，墙上的纸，墙下的人。甚至，在一面墙下所站着的人群中，我还认出了上次在那间办公室外哭泣的两个人。我看见他们的时候，他们大概也认出了我。但我们彼此都沉默着，像墙上贴着的纸，苍白，隔着距离。他们中的一个紧握手中的笔，在本子上记录着电话号码，另一个在撕墙上的纸。瞧着他们专注的神情，我心生怒火。我在心中责骂他们："不知反省的家伙，真是傻瓜，亏，还没吃够吗？"但马上，我就后悔了。我不也跟他们一样吗？说是闲着无事，来马路上走走，其实，思想深处不还是为了来看看那些墙和墙上的纸吗？墙上的那些纸不是专门贴给无根的人看的吗？

他俩是无根的人，我也是，还有很多人都是。

早晨，或者黄昏，总有无数的人，站在这座城市的某面墙下，看墙上贴着的纸。没有人知道墙上的那些纸究竟是谁贴上去的，那双贴纸的手，我们看不到，它永远藏在这座城市的背后，掌控着众多人的命运，像掌控着墙上的纸，想贴就贴，想撕就撕！

我不知道这座城市里有多少贴着纸的墙壁，更不知道有多少在墙下看纸的人。

也许，只有风知道。风心肠软，它不忍心从站在墙下看纸的人的目光里，看到更多的失望和惆怅。

风吹在贴着纸的墙上。

那是风在做一件善事！

活着是一笔债

　　这是一个发生在我家乡的故事，文中的"我"自然不是本人，她是我的叔婆，叔婆不识字，但她的内心却是那样柔软、细腻。面对生存的重压和精神的疼痛，她除了忍耐，还是忍耐。

　　我愿用我手中的笔，为她代言。

一

　　凌晨五点，我就醒了。最先醒的，是我身体里的那根骨头。那次捡煤时，山体塌方，压坏了我的腰椎，疼痛就钻进了我的体内，像一只冬眠的虫子，把我衰老的皮肉当作免费的美餐。当然了，疼痛还是很讲情义的，我用自己的血肉喂养了它，它为了报答我，每天黎明，就准时从我体内的伤口爬出，催我起床。

　　即使疼痛不催我，我也会主动起床的，小孙子还等着我给他做早饭，吃了去上学呢。昨天他就是因为上学迟到，挨了老师骂，回来向我哭闹。我给他说尽了好话，他仍然不依不饶，比躲在我体内的疾病还顽固。有时，他还会给远在异乡工地上的父母告状，说我欺负他人小。最终，他父母少不了要在电话里对我一番埋怨，末了，还不忘在我的伤口上撒一把盐。

我想说，咱俩究竟谁是谁的孙子。

二

今天是我的生日，我已经六十七岁了。活了一大把年纪，自己都不知道自己是怎么活过来的。没有人记得我的生日，除了躺在床上瘫痪了一年的老伴。年轻时，我将自己的生日都给了儿女，这是做母亲的义务。儿女是父母挂在额头上的灯盏，灯亮着，父母的生活才不会荒芜和孤单。

我的心是隐痛的，像长满了刺，年龄每增加一岁，刺就多出一根，那是生活馈赠给我的礼物。其实，我明白，这种隐痛是要提醒我：有儿女在，疼痛也是一种幸福。

以前，都是老伴为我过生，他是我今生欠下的另一笔债。老伴心疼我，我每次过生，他都会偷偷地给我煮一个鸡蛋，然后，流着泪俯在我耳边："头上又长角了，好好活吧，要是没了你，我的一生等于零。"

可怜我的老伴，一生未去过远方。那次他扛着铁锄去山坡除地，还没下锄，毒辣的太阳就将他烤软了。不能说话、不能动弹的他，在床上一躺就是一年。我知道，老伴的一生，都是躺着过来的。

躺在床上的老伴越来越瘦，似村庄里越来越贫瘠的土地。

我默默地站在床前守着他，泪水打湿记忆。床上躺着的，不只是老伴，也有我的影子。

三

我的背篓里还没捡到几块煤，天就黑了。天黑得很快，像生命的衰老。事实上，我的一生也没捡到什么像样的东西，除女儿出嫁时扔掉的几件破棉袄，儿子结婚时抛弃的两双旧胶鞋，我连前半生的影子都没找到。

垃圾堆里的煤越来越少，捡煤的人越来越多。寒冷冻僵我的腿，我看不见寒冷是从什么地方漫过来的，也许，它来自我身体内部。我所捡到的那点煤，已不能再温暖我那几根生锈的骨头。煤燃烧释放出来的能量，只能供家里煮两顿饭，替老伴烘干尿湿的裤子。偶尔有所节余的煤，就拿去卖，为孙子换回几个零花钱。

回家的路上，视线中的村庄很安静。很多人都睡下了，没有人敢待在野外，怕寒冷把自己冻伤。

我不怕冷，我知道，冬季很快就会过去，冬一过，就是春了。遗憾的是，我生命的冬天已经来临，我看见自己的魂魄暴露在寒风中，瑟瑟发颤。

四

孙子在夜半说胡话，不停地喊："妈妈，妈妈。"我急坏了，孙子的命比我的命金贵。他的呼喊一声强过一声，恐慌水一般弥漫。

孙子也不容易，三岁起就一直跟着我，四年里总共见过父母两次面。他每天都在回忆父母的样子，一会儿说他妈妈像隔壁的春婶，一会儿说他爸爸像邻居李二爷。他常常一个人站在村口，抬头凝望远方，把村头一条笔直的路望成一个三角形的码头。

孙子的额头很烫，像他的年龄。但他幼小的心肯定很凉，"妈妈，妈妈"，每一声喊，都是一道伤。

我颤抖的手从抽屉里抓出一张皱巴巴的纸，像抓住一根救命稻草。那上面的号码是一条血缘之藤，拴着从我身上掉下来的一块肉。电话通了，儿子在暗夜中的声音微弱而短促："娘，娃小，病要想法治好。"

当我扛着孙子连摔带爬来到乡卫生所时，黎明正从我的喘息中醒来。医生揉着惺忪的眼说："再迟一步，情况会更糟。"

那一夜，比我的一生还要漫长和难熬。

孙子的病好不容易痊愈了，我心中的病正在空气般膨胀。

为给孙子治病，圈里少了一头猪和一只羊，家里仅剩一个饥饿的粮仓。

五

女儿回来看我，说她哥在工地上干活时被钢筋砸断一条腿，怕我伤心，儿子儿媳隐瞒了实情。女儿的泪水流尽了我一生的委屈。儿子离开村庄时，我曾告诉过他："万事小心，城市终究是别人的家园，你的脚沾满泥巴，作为一个农民的儿子，你的根上长满庄稼。"可儿子到底还是没听我的话，他总是把我说的话当作耳旁风。

听女儿说，儿子出事后，包工头怕承担责任，躲了。像一阵风，瞬间匿迹。包工头跑后，儿子的痛苦成了一个笑柄。儿媳妇心不甘，在工地上喊冤鸣不平，像一个疯子在招揽看客。工友们躲在角落里，窃窃私语，唯恐大声嚷嚷会惹怒监工，不发给他们回家的路费。

我唯一能做的，是去村头的庙里烧炷香，祈求我流浪在外的儿女不再流浪。

孙子又开始在每天夜里叫："爸爸……妈妈……"，这次他没有生病，他的叫喊是一只幼鸟在呼唤父母归巢。

老伴似乎也知道了儿子出事的消息，两个凹陷的眼眶装满了混浊的液体。

我每天都过着提心吊胆的生活，我担心我那苦命的儿子，在腿断之后，还能否找到回乡的路。

六

老伴走了，走得很平静。他的痛苦终于得到解脱。他从倒下那天起，就已经死过一回。只因舍不得我，他才重新活过来，分担我的苦痛。

柴房里放置的那口棺材，散发出檀木的淡香，那是老伴几年前亲手打制的。他做事总是那样积极，人还健在，就对后事做了打算和安排。当时我说，咱俩谁先走，谁就睡那口匣子。他说，想得美，我肯定比你先行一步。他的预言果真灵验，他履行了自己的承诺，就像他一辈子对我的呵护和关爱，从未变过。

也许是我没能照看好他的儿子，让他伤透心，他才狠心撇下我，撒手西去。留下最后一段路，我一个人走。

也许他是心疼我，怕我过生日时，再没人煮鸡蛋给我吃，才提前去到另一个世界，先把鸡蛋煮好，等我过去。

儿子拖着残腿匆忙赶回来时，老伴早已入土为安。他的心还是那么善良，他不想让儿子看到自己的狼狈样，他一生都没给子孙们丢过脸。儿子趴在土堆上，号啕痛哭，他第一次发现躺倒的父亲也是一道梁。

老伴走后，儿子又去了远方。他怕自己残疾后的单腿走不了多远，就把我的孙子也一同带上。他说，乡村到城市的路很长很长，需要一辈人又一辈人不间断地走，才可能望见城市的曙光。

七

儿子带孙子走了，我最后的任务就是替他们守住这几间破旧的空房。这样，万一他们哪天走累了，或者被城市的巨手赶出城外，返回村庄时，也不至于没一个遮阳避雨的地方。只要有瓦片的地方，就有根在。有根在，就可以播撒种子，种谷子、种高粱……重建家园，孕育生命，等待收获的喜悦。

如果哪天我也走了，我就将坟堆和老伴的垒在一起，共同守着这片土地。直到离开土地的人重新回到土地上来。

不过，目前我尚活着，也只是活着而已。

活着是一笔债，从天堂还到地狱，也未必还得清。

与父亲的一次长谈

一

在我人生的端点上，总是蹲着一个男人。他从不说话，沉默着，像一块被太阳暴晒又经阴雨浸润的石头。从小到大，我都在与石头的对望中活着。春季来临，惠风刮过山坡，野百合和山菊花将石头层层包裹。我靠在石头上，吹响竹笛，水牛在低头啃吃青草，我的懵懂心事随着笛声飘向远方；夏季燠热，骄阳晒得地面发烫，山林里的树叶全都卷了边儿。我赤膊坐在石头旁，用割草刀在石头上刻下激情和彷徨；秋天到了，大雁排队离开故乡，野草发黄枯萎，落叶凋零成泥。我蹲在石头的背面，用孤独抵抗坚硬；冬季严霜，天地一片肃穆，雪花漫天飞舞。我戴个毛帽子，跟石头保持距离地站着。石头上长满的青苔，酷似我发霉的心情。雪花覆盖了石头的同时，也覆盖了我。

时间是一幅卷轴，多年后，当我从童年的记忆中走出来，翻检属于我的册页时，我发现上面全都印满了那块石头的痕迹。它就像一枚印章，凡是署有我名字的地方，就有它的落款。尽管，在岁月的磨砺下，册页早已泛黄，我已然分辨不出那枚印章到底是阴刻还是阳刻，用的印泥是红色或蓝色还是黑色或黄色。但这些都不那么重要了。重要的是那块石头见证过我的成长，知道我生命所历经的坎坷和忧戚、明亮和辉煌。不但如此，直到现在，它都还在引领着我的人生。凡是我的脚步所到之处，都有它的陪伴。如此说来，它又是一块路碑，永远在替我指引方向。

无数次，当我被生活的潮水几近淹没之时，是那块路碑在告诫我，一定要坚强和勇敢，要敢于逆流而行、乘风破浪。于是乎，我咬紧牙，奋力前行，我听见浪花拍打在路碑上的"啪啪"声，像一个个响亮的耳光。曾经，在远离家乡独自去异地闯荡的那些年，我被各种人际关系搞得晕头转向，整天陷进世俗的旋涡里差点迷失方向之时，还是那块路碑在提醒我，做人一定要踏实和本分，不能昧良心和丧失尊严。于是乎，我悬崖勒马，挽绳收缰，以底线守住了内心，终于否极泰来，头顶重现曙光。曾几何时，在工作中面对金钱和物质的强大诱惑，我的信念产生了动摇，险些惹火自焚的关键时刻，仍然是那块路碑在警示我，人不应该有那么多欲望和贪婪，唯有平淡才是真。于是乎，我醍醐灌顶，心中慈悲顿生，才使自己躲过了劫难。

如今，当我隔着三十多年的时光烽火台，瞭望曾经走过的路途时，才不由得心生感慨：在人的一生中，若是永远有那么一个人、一块路碑、一种精神在引导你前行，将会是多么的幸运；这种幸运，最终会变成福祉，为你的生命镀上金色和亮彩。

那么，问题的实质在于，到底谁会心甘情愿为你做那块引路的石碑呢？自我们呱呱坠地起，就在不断接触各种各样的人：伙伴或闺蜜，长辈或同学，同事或朋友……他们组成你人生的场域。在这些由不同角色、不同身份和地位的人组成的关系网中，可能就存在着为你引路的贵人。他们会帮助你成就梦想，为你雪中送炭、两肋插刀，解燃眉之急；但倘若有那么一天，当你尝尽人情冷暖，看透世态炎凉，经受悲欢离合，体察生死无常之后，或许你才会幡然醒悟，那真正能够引领你向上的人，只会是给过你生命的人。朋友的指引顶多不过是解决你生活中遇到的实际困难，而给过你生命的人却能指引你提升自我人格，并最终抵达灵魂的至善和圆满。他们是在以生命指引生命。只要能够成就你，他们完全可以牺牲自己。

我的那块路碑就是以牺牲自己来成就我的人。尽管，他一直沉默着，他把该说的话都刻在石头上，让你自己去参悟。他把能够给你的都给你，毫无半点私心，从不藏着掖着。光明磊落是他的性格，沉默是他的经文。你永远猜不透他，他就那么默默地看着你。可你一旦从他身旁走过，就能获得成为一条汉子的能量。

我的那块路碑上，干净地刻着两个字：父亲。

二

你沉默了一辈子，我终于可以有机会坐下来跟你长谈了，父亲。在这个冬天快要过完的时候，我回到我们曾经一同生活过而你至今依然在那里生活着的乡下小屋。屋檐上挂满了蜘蛛网，有几根檩子已经断了，极像你曾经从土坎上滚下去而摔成骨折的腿。时间总是会让很多东西受伤。屋顶上的瓦大概被你修补过，残片缀着残片，像你当年身上穿的那件补丁缀补丁的蓝色衣裳。我放下背包，在屋子里转了转，发霉的味道充塞鼻孔。那是我幼时再熟悉不过的气味。跟这霉味一样使我难忘的，还有你那呛人的烟草味。在那些孤寂的夜晚，你靠在木床上抽烟的样子，雕塑般定格在我的脑海中。那一闪一闪的猩红火星，至今还时不时地跳出来烫我一下。我的身上和心上，都有你的烟蒂烧出来的伤疤。身为你的儿子，我深深地知道，我的血管里流淌着你的血液。因此，你的痛也是我的痛，我的痛也是你的痛，父亲。

我能记起的有关你的第一件事是，你用一只手抱着我，抱得比绳子捆的还要紧。我睁大惊恐的眼睛，死死地盯着你，像盯着一个陌生人。那一刻，我分明从你的眼神里，感受到一种喜悦之外的坚韧。待我懂事后，你仍然用一只手给我喂饭和干活。记得我七岁那年春天的一个清晨，母亲把我从睡梦中摇醒，让我去牛圈牵牛随你去犁田。天空雾蒙蒙的，早春的湿气扑面而来。你扛着犁铧走前面，我牵着牛走后面，我们谁也没说话。我的人生之路就这样跟着你的步伐默默地启程了。山路弯弯曲曲，牛儿摇头摆尾。犁铧在你的肩上摇摇晃晃，你的那只手按不住你那颗跳动的心。在犁田时，你走得异常艰难，提犁铧的单手颤抖不已。我蹲在田坎上，替你捏了一把汗。那头牛拖动的，不是犁铧，而是你的命运。而你正在配合的，也不是牛的工作，而是对苦难的磨合。泥水溅满你的全身，也溅满我的记忆。那天，你花了整整一个上午，才筋疲力尽地将一块水田犁完。但我知道，你犁不完的，是那块命运的田畴。

　　我从来没有主动询问过你的右手是怎么失去的，在苦水中泡大的孩子，天生懂得该怎样维护一个男人的自尊。但后来我还是从爷爷那里弄清楚了事情的真相。你十二岁那年，一个人背着背篼去山坡割草，不幸被一条毒蛇咬伤。家贫如洗的爷爷奶奶无钱替你治疗，只能眼睁睁看着你的手致残。我不知道那么幼小的你，当年是如何承受那种伤痛的。当我听完爷爷的讲述后，我的心都碎了，以至于跑去后山的岩洞里痛哭了一场。你当时见我眼睛红肿，问我怎么了。我没有回答你。从那时起，我就已经开始默默地替你承受内心的伤痛了。成年后，很多人说我早熟、懂事。其实，我的早熟至少有一半因素来自你。一个心疼父亲的孩子，由不得他不早熟、不懂事。就像一个心疼儿子的父亲，即使经受再大的磨难，他也会将苦痛当成补药来吃。人活着，有时就是相互支撑。

　　只不过我那时还太小，没有能力替你分担更多的生存压力。只能尽量不惹你生气，做个乖孩子。衣服脏了自己洗，肚子饿了自己煮饭吃。

放学后，尽量帮家里做些力所能及的事情。我想以自己的表现，来博得你的欢心。没想到，这招果然奏效。你那时完全把我当成了你活着的希望。无论村里人怎样羞辱你、嘲笑你，你都一笑而过。你知道，你并不是为别人而活的，你只为信念而活。你下决心要给儿子树立一个榜样，并且，你一直在努力证明，你虽然只有一只手，却并不比任何人差劲。故我很小的时候，就以你是我的父亲而感到自豪。

不过，父亲，你虽然展示给我的从来都是坚强和不屈服，但我还是曾偷偷地看见过你掉泪。那是一天黄昏，我放学回家后，见家里冷冰冰的。母亲不在家，你也不在家。我做完家庭作业，实在闷得慌，索性去房前屋后随便走走。可就在我走到屋前的竹林边时，耳朵里依稀传来一阵哭声。起初，我以为是母亲在哭。细听，好像是一个男人的声音。我悄悄地向哭声寻去，结果发现是你躲在柴堆背后哭泣，边哭边用左手砸地上的石头，拳头上鲜血淋漓。我被吓傻了，两腿发抖。那时候，我好想冲上去，投入你的怀抱，说一句："爸爸，别这样，咱们好好活着。"可我最终还是没有这样做，我怕我的出现会引发你更深的悲痛。我赶紧藏在竹林里，静静地观察着你。我心里清楚，你不会有事的，你不会抛下我和妈妈，你没有那么自私，你是我的榜样，是一个负责任的好父亲。直到天快黑的时候，你才摘下身旁的草叶，把手上的血迹擦干净，起身回家。回到家里，你大概从我的眼神里察觉到了什么，便佯装露出浅笑，摸了摸我的头。我明显感受到你那只沉重的手充满了慈父的柔情。

所以，父亲，你不要以为你沉默着，我就没法走进你的内心。你不要忘了，我是你的儿子，我比任何人都要懂你。我是你的白天，也是你的黑夜，就像你是我的光源，也是我的路标一样。我们是同一条河流的上游和下游，是同一条地平线上的晨星和昏星。

三

　　堂屋左侧的墙上，挂着一个相框。它挂在那里已经几十年了，木质的边框早已松动，暗红的色泽褪成了本色。但它无疑是家中最为干净的挂件之一，那都是你隔三岔五拂拭的原因。你不能让灰尘遮盖住了相片上的人的表情。那是我们一家人唯一的一张合影。你抱着我，笑容满面，母亲站在你侧边，小鸟依人。那时的你多么年轻，委实是个朝气蓬勃的小伙子。如果单单从照片上看，没有人能够看出你内心的伤痛。可看不出伤痛不等于你没有痛。你的痛，只有我和母亲知道。就像你的欢乐，也只有我和母亲知道一样。那张黑白照片，既是我们一家相依为命的可靠见证，又是你谋生之路的初始见证。换句话说，它是你正式成为一名乡村照相师时拍的第一幅作品。

　　那时候，我们刚刚跟爷爷奶奶分家单过，日子穷得叮当响。住的房子是用竹块夹的，为避风，你只好在竹块上糊满泥巴。可泥巴一糊上去，又会掉下来。后来，你干脆找来几个编织袋，用绳子缠在竹子上作屏风。入夜，寒风吹在编织袋上，像发怒的强盗在砸门。我们三个人躺在一张窄木床上，瑟瑟发抖。你怕冻着我，将你唯一一件军大衣盖在我身上，自己侧身面向墙壁。整个晚上，我都听见你上牙磕碰下牙发出的声音。那些个漆黑的夜晚，我看不见光，看不见希望。我只看见我们三人都躺在同一道缝隙上，手拉着手，不断地往下陷。面对这来自黑暗的恐慌和冰凉，我好想哭，父亲。但我忍住了，我不能哭。我分明知道，即使我流下的泪水再滚烫，也难以融化掉囤积在你内心深处的寒冰。我必须和母亲一起，陪伴你走出这黎明前的黑暗。

　　如果说，人来到这个世界上，原本就是来受苦的。那么，作为残疾人的你，对这世界上的苦难必定会更加敏感。尤其你又是个农民，只能靠劳动活命的农民。当春天到来，其他人都在锄地播种了，而你因为身体缘故却不能下地干重活。一旦错过了耕种季节，秋天收获的就只能是饥饿和贫穷。这样活着对你来说，跟地狱又有什么区别。可命运既然将这样的厄运安排给了你，那你就只能承受。你是土地，就要接受万物的生长；你是河流，就要承载逼船的忧愁。

母亲早就看穿了这一点，所以才建议你另寻拯救之法。她劝你扔掉锄头和镰刀，重新去找一个能够活命的法子。起初，你还不大愿意。男人的面子让你心有犹豫。你当了大半辈子农民，怕不再干农活后，会被别人说三道四。最终还是母亲的话打动了你，她说："我跟孩子都不另眼看你，你还怕被别人另眼相看吗？你看那水田里的泥鳅和黄鳝，无手无脚都能找食吃，况且你还留有一只手，莫非还能被尿活活给憋死？"

几番思忖之后，你决定去学一门手艺。那个年代，农村最吃香的手艺，只有石匠和木匠。可你的身体条件又不允许你选择这样的手艺。正在你绝望之时，老天悄悄地为你打开了一扇窗。一次偶然的机会，你去镇上办事，发现镇上的小照相馆围满了照相的人。你灵机一动，看到了活着的一线生机。你决定去学照相。当你回家说出这个想法时，母亲是反对的。在她看来，照相这种事，是专门给城市里那些闲着没事的人玩儿的，在乡下并没有市场。可母亲到底还是支持你。她深深地明白，在当时那种情形下，给你一个活着的理由，远远比你能否挣钱养家重要百倍千倍。父亲，我现在给你说出这段往事，也是在告诉你，你这辈子娶了个好妻子。她跟你一样，都是我的骄傲和榜样。一个能够在你人生最低谷之时不离不弃的人，值得你用一生去珍惜和守候。

有时想想，命运倒也公平。它给了你某一方面的缺陷，就必定会给你另一方面的才能。我怎么也没想到，你的摄影天赋竟如此之高。短短几个月时间，你便掌握了摄影技术。做任何事，靠的都是悟性。可悟性再高，玩儿摄影，都得花钱。没有成本，学了等于白学。正在你为买不起照相机而发愁时，仍然是母亲站出来支持你。她知道摄影师若没有相机，等于知识分子手中没有笔，战士手中没有武器。故母亲二话没说，卖了她出嫁时外婆送给她的一对手镯和家里的一只羊，为你买回一台海鸥牌相机。从此，你以一名照相师的身份游走于乡村。那台挂在你脖子上的照相机，点燃了你将要破灭的生活梦想。透过那个"8"字形的镜头，你再次看到了蓝天和白云、天边的朝霞和池塘边的春讯。或许是感念母亲和庆祝你的新生，你让相机记录下了那张挂在墙壁上的全家福。从此，我们三个人的心里，都放飞了一只海鸥。我仿佛看见它们在大海上空高傲地飞翔，然后又俯冲下来，搏击海浪。

　　记得最开始那段时间，没有人愿意接受你的照相。这倒不是他们信不过你的摄影技术，而是在乡邻们看来，你成天不干活，脖子上挂着个机器东游西荡，简直跟个懒汉没啥区别。但你没有放弃，你清楚一旦放弃了摄影，就等于再次放弃了自己的人生。一段时间过去，不知道是你的敬业感染了村民，还是他们同情你，陆续有人来找你去拍照了。来请你去拍照的，主要有三种人家：一是有新生婴儿出生的人家；二是有嫁闺女或娶媳妇的人家；三是有老人病危，需要拍遗像的人家。我看到过你给他们拍的照片，光线和表情都抓得很好，人家对你的摄影技术赞誉有加。每每如此，你的脸上就会浮起一丝荣誉感。你终于得到了他人的认可，成了别人眼中有用处的人。而我们那个风雨飘摇的家庭，也因为你的摄影而略微有所好转。我至今没有忘记你挣钱后做的第一件事，是去镇上买回一条鱼和割回一块肉，让我和母亲吃得嘴角流油。你那天虽然很少动筷，只默默地看着我们吃，可我明显看到你脸上流露出来的幸福，远远比你吃到的鱼和肉还要多得多。

　　如今，我们已经不会为吃一顿鱼或一顿肉而发愁了，可父亲，不知为什么，我总会经常想起你当年挣钱后，为我们准备的那顿丰盛的饭菜。我一直觉得，那顿饭菜，是我今生吃过的最好吃的一顿饭菜。那种味道，以及味道背后的含义，值得我用一生去怀想和铭记。

四

假如不是这次长谈，父亲，我们这辈子可能都不会说这么多话。我也不会借助回顾你这一生轨迹的机会，来做出诸如对命运的某些思考。照相虽然让你找到了活着的理由，却并未让你找到活着的意义，理由与意义之间，隔着一条巨大的鸿沟。长久以来，我都看到你在那条鸿沟边上走来走去。你几次将脚跨了出去，又几次把脚缩了回来。你的相机可以抓拍住别人的面孔，却唯独照不出自己的忧伤。

大概人都是这样，特别是那些在苦难中备受煎熬的人。一旦他们在苦难中幸存下来之后，就总爱追问活着的意义，总想着能为自己的家人或这个社会做点什么。否则，他们曾经所经受的磨难，就没有能够锻造他，或者，他们还没有"悟道"。

当然，我不能说你就悟道了，父亲。但你当时的想法和行为，又的确是一个人悟道之后的想法和行为。你说，照相不会是你人生最终的选择，那只是你生命的一个过渡，是从此岸到达彼岸之间的那条小船。你的说法也印证了母亲当初的判断。在乡村，你想要让广大的农民朋友为有艺术性质的生活买单，那相当于牵着骡子进鸡圈，是令人哭笑不得的事情。一年之后，你的照相事业便维持不下去了。命运再次将你逼迫至悬崖边。但这回母亲没有再给你任何建议，她看出你早已不再如之前那般脆弱。的确，经过苦难的磨砺，你已是刀枪不入。至少，命运再不能轻易将你打倒。

几个月之后，你做出了一个新的决定。你要去学医术，救己救人。我们都为你的决定感到欣喜。对于你来说，这应该是最好的选择。经过多方打听，你最终拜师在一个远房叔伯的门下，精研岐黄之术。好在那位叔伯看出你天生是个学医的坯子，没有旧式医生的门户之见，将你视同己出，把全部医术都传授予你。也是在学医的过程中，你开始学会修炼自己的心。

在老屋里放着的那个红色柜子里，至今都装着满满一柜子医书。那便是你当年挑灯苦读的见证。其中大部分书籍，纸张早已泛黄，书页也被你翻得残破不堪，边沿还浸着油迹般的汗渍。书籍的旁边，是几大捆你抄录的笔记本。我曾偷偷地拿出来看过，有几本上面的字迹歪歪扭扭，一看就知道是你刚开始用左手练习写字时留下的。但后来你写下的字迹，就大不一样了。娟秀飘逸，洒脱不羁，比教过我的老师都写得好。我一直在想，一个成年人，要重新像小学生那样握笔学写字，而且还是用左手，将付出怎样的代价。但你成功了，父亲。凡是见到过你字迹的人，还没有说写得不好的。

你是那种做一件事就必须做成的人。在叔伯家当学徒的日子里，你除了帮叔伯家干一些轻便活儿，剩余的时间全部用于看书。不懂的，就问叔伯，非要弄懂不可。母亲那时不放心你，每隔两个月，都要跑去看你一次。有一回，母亲看望你回来后，闷闷不乐。她夜晚躺在床上，终于忍不住掉下泪来。她说，她发现你瘦了、苍老了，脸上只有皮包骨。她想给你送些鸡蛋补充营养，但你毕竟在别人家，单独吃不方便。看到母亲哭，我也跟着掉泪。母亲一直不让我把这些讲给你听，父亲。但现在，我觉得应该告诉你，一家人，不应该保守那么多秘密。当然，我之所以讲述这些，并不是要你感激母亲。我只是想说，你的命运，也是我们全家人的命运。你要是过得不好、不开心，我们也会跟着过得不好、不开心的。或许，这就是亲情和爱吧。人生在世，无论是夫妻也好，抑或是父子也好，倘若缺了这种亲情和爱，那真的比其他任何灾难都要可怕。

我一直觉得，除了母亲和我，应该还有另外一些东西也见证过你学医的过程。譬如家中的那盏煤油灯，每当我从熟睡中醒来时，都看见它那暗黄的光线，将你坐在午夜里孤独地翻书的身影投射在墙壁上；譬如隔壁圈里的那几头猪，在有月亮和星星的夜晚，你背诵《汤头歌诀》的声音，一定曾打扰过它们的梦境；譬如夏夜里突然来临的雷鸣和闪电，它们一定是目睹你阅读疲倦而睁不开眼时，才以响声和亮度来提醒你休息；譬如院坝里你翻书时坐过的那块条石，它肯定曾磨破过你的裤子，又曾吸纳过你的体温……

但不管怎么说，你到底还是凭借苦学和毅力出师了。谢师当日，天上没有一朵云，干净得如水洗过一般。母亲提着一只大红公鸡来到叔伯家。我看见你跪在叔伯面前，磕了三个响头。母亲点燃三支香和一对红烛，插在香案前。袅袅青烟如雾，弥漫整个屋子。我听见叔伯对你说："你今日学成，可自立门户了，未来的路还很长，希望你凭此医术，步步走好。"最后，他还送了你四个字：医者仁心。那是叔伯亲手用毛笔写在一张红纸上的。你接过字幅，泪水在眼眶里打转。

可出师很长一段时间，你都无钱开诊所。只能给病人开处方，让他们到别处去拿药。母亲仍想助你一臂之力，但她实在心有余而力不足。万般无奈，你只好经一个在铁路上工作的舅舅指引，去泸州某矿务局当临时工打杂。人家见你体格羸弱，又受你舅舅之托，才安排你到办公室做文字工作的。很快，你的出色表现便赢得了局领导首肯。加之你能写一手漂亮的钢笔字，还能替人看病，局里面的人都对你刮目相看，你也因此得以站稳脚跟。

一晃三年过去，你终于存了点钱，至少开个诊所的钱不愁了。于是，你不再当临时工，回到家乡，在当地的一个船舶码头上租了一间房子，正式开诊所营业。你等这一天等得太久了，父亲。我和母亲也等得太久了。

你可千万别小瞧了这短短的三年，它可以使一个孩子变成男人，也可以使一个男人的心上长满老茧。

五

你的诊所很简陋，一间屋子隔成两半。外面的部分拿来放药品和诊断桌，里面的部分拿来做药品储藏间。每天早晨，你都会准时从家里出发，走好几里山路，再乘船到诊所坐诊。傍晚，又原路返回。无论寒风呼啸，还是烈日炎炎，从未间断。当地的人需要你，你也需要他们。病人在你的诊治下恢复了健康，你在跟病人的交流中收获了人生。

每天上学放学，我都会经过你的诊所。我在门外静静地看着你，像看另一个自己。在对你多年的观察和注视中，我领会到了人活着的意义。自行医以来，你经常深夜出诊。由于病人大多生活在库区，你为此还专门制了一条小船。每次出诊，单是撑船，就要耗去一个多小时。故当你回到家里，早已是深夜，月亮高高地挂在天空，圆圆地照着你。有时，我担心你寂寞，就陪你一起出诊。小船在水面推开波浪，夜风迎面吹来，带着一股浓浓的水腥气。我坐在船舱中，依然静静地看着你。虽然黑夜掩盖了一切，但我一样可以看清你，父亲。我能看清你的过去和未来，也能看清你的前世和今生。

记得有一次，天降大雨，你出诊未归，我和母亲坐卧不宁。来不及多想，我披蓑戴笠，打着手电筒，匆匆跑去河边接你。因跑得急，我摔了一跤，膝盖磕破了，疼痛难忍。但我顾不了那么多，我的心思都在你身上。不见你平安归来，我的痛就不会痊愈。我站在河岸上，将手电筒射向茫茫河面，试图看到你和你的船只。雨越下越大，我心急如焚。我怕那狂风骤雨会掀翻你的小船。若真是那样，父亲，我这辈子都将不得安宁。我的泪水流出来，混合着雨水朝下滚。就在我快要哭出声来的时候，我隐约看见河面上有一团灯光在闪动。我料定那是你，便朝着河面放声大喊:"爸爸!爸爸!"可雨水实在太大了,你听不见我的喊声。那一刻,我才感到自己是多么的渺小和无助。你明明看到自己的亲人,可他却无法听见你的呼喊。我看到你逆风而行,船在河面上打转,单手撑船的样子,像在服一场苦役。当你拼了命似的把船划靠岸时,你的周身都湿透了。你看见是我,只说了一句:"快,把我的药箱遮住。"

你的这种有求必应的精神,赢得了当地人对你的尊重。他们都夸赞你医术高明,又从不收取病人高价药费。每年年底,你的诊所都有欠债无法收回。病人们都穷,没钱拿药,只好赊账。你从不计较,也从不催促。你诊所的墙壁上,一直挂着你师傅送你的那幅字:医者仁心。

1996 年,你参加某大学的函授教育,人一下子又清瘦了。我和母亲都劝你不要再逞强,毕竟身体要紧。可你偏不听,你说你的那些病人需要你。用中西医结合的方式,能给更多病人送去福音。我初中毕业那年,你也函授毕业了。我们父子俩的成绩都合格。我不知道我俩到底是在互相赛跑,还是同时在跟命运赛跑、跟时间赛跑。

我初中毕业填报志愿时,选择了中师。我征求你的意见,你没有反对。只用目光默默地注视着我,像我曾经默默地注视着你那样。我知道,你的意思是,我长大了,命运应该掌握在自己手中。每一条道路上,都可能盛开鲜花;而任何一条道路上,也可能充满泥泞。但不管你选择的那条路,是开满鲜花,还是铺满泥泞,你都必须面对。这就是生活。你用你的人生经验,给我指明了方向。

我必须提到初中毕业后的那个假期,在我的主动请求下,曾跟着你学过一段时间的医术。在那期间,大概你也看出了我有继承你事业的愿望。只是你没问,我也没说。我们父子间,已经习惯了用沉默来对话。很多事,一旦说破了,反而没意思。你像你叔伯当年教你一样教我。我之所以至今能为身边的人开一些治疗感冒的药方,全部得益于你当年的教授。但遗憾的是,父亲,我最终还是没能秉承你的志向,把救死扶伤的事业进行下去。这么多年了，我从来没有正面问过你，你对我后来选择了以操笔杆子为生是否感到过失望。但现在，我可以明确地告诉你，我虽然没有继承你的事业，但你医者仁心的精神却一直在深深地影响着我，影响着我笔下的文字。你要知道，我们是父子，无论我走到哪里，无论我从事什么行当，你都是我的"精神教父"。其实我是在以另一种方式继承你的事业，父亲。

六

还有几件令我忏悔的事，我必须得说给你听，父亲。否则，这次长谈将没有办法结束。它们像巨石一样压在我的心里，使我喘不过气来。我必须为我的不恭向你道歉，不然，身为你的儿子，我就是不合格的，我应该遭到世人的指责和唾骂。

你知道，我跟你一样，喜欢读书。在上中师期间，我几乎把你给我的所有零花钱都拿来买了书看。学校的寝室堆放不下，我就将书朝家里搬。每周放假，我都会背一口袋书回来。渐渐地，乡下的家中除了你的医书和我的文学类书籍，再也没有别的东西。晚饭后，你躺在床上看你的书，我躲在另一间屋子里看我的书。灯光从墙缝里穿过，也从我们的睡眠里穿过。从那一刻始，我知道，除了沉默，我们终于又多了一种交流和对话的方式。唯一不同的是，你把你阅读所收获的东西，全部用在了治病救人上；而我则把我阅读所收获的东西，写成日记留给了自己。你做的是务实的事，我干的是务虚的事。

我原以为，你行医之后，眼里便只有病人，不再懂得关心我和母亲。有那么一段时间，我曾对你心生抱怨。我觉得，你应该清楚，你除了是个医生，同时还是一个孩子的父亲和一个女人的丈夫。这样一想，我内心的委屈潮水般汹涌。可能你也感觉到了，有一个学期，我待在学校不愿回家。母亲问起我，我就谎称学习任务重。其实，我是在故意表达对你的不满。也正是这种不满，使得我后来在你因什么事而跟母亲吵嘴时，才说出了那句深深刺伤你的话。我当时好像是要保护母亲，便站在她的立场上对你说："自己没本事，还怪别人。"你听了我的话，傻了一般呆愣着，眼眶泛潮，欲哭无泪。而我因年轻气盛，丝毫没有想过这句话可能给你带来的后果，便急匆匆跑去学校了。

　　虽说人都难免犯错，但有些错是一定不能犯的。如若不然，它会让你内疚一辈子。我的错就在于刺伤你后，我不但没有及时反省，反而错上加错。有那么一阵子，我的胃不大好。你亲自开药给我吃，仍不见效。你让我去县医院照胃镜，我去了。可让我意外的是，去的那天早晨，我刚到医院门口，就看见你站在路边等我，身上穿的仍然是那件蓝色中山装，脚上的黄胶鞋沾满了泥巴。我问："你不坐诊，怎么有空来？"你说："我不放心，来看看。"待检查完毕，医生说是浅表性胃炎时，我看到你长长地舒了一口气。医生给我开了一大包药，正在交代注意事项。可我一转身，却发现你不见了。我到处找都不见你的身影，我非常生气，正打算离去，却看到你手里提着几个馒头和一杯豆浆朝我走来。原来，你是替我买早餐去了。可当时我并不知道，你那天天不亮就走山路，再撑船坐车来到县医院，却一直是饿着肚子的。

　　再后来，我有一次放假回家，又看到你从镇上专门买回两个书架，将我那些已经泛潮的书籍整整齐齐地摆在书架上，并用毛巾拂去书上的霉斑；而你自己无比珍视的那些医书，却被乱七八糟地码放在柜子里，有几本重要书籍，还被老鼠给啃坏掉了。目睹斯情斯景，我的心疼痛得痉挛。那一瞬间，我好想跪在你面前，向你说声对不起，父亲。可世上没有后悔药卖，我之所以给你说这些，并不是希望获得你的原谅，而是为了减轻我内心的罪责。

　　或许是受你的影响吧，在阅读过大量的书籍后，我也开始为活着寻找意义。但找来找去，我最终找到了写作这么一条路子。我想借助文字，把我内心的体验和幻想，把我对人生和命运的思考，把我在成长过程中感受到的痛和爱全都写出来。我的内心太压抑了，我要为自己找到一个发泄的渠道。我不能再像你那样沉默和隐忍。这也许就是我走上写作之路最初的动机。可没想到的是，我写出的这些带着温度的文字居然还发表了。而且，读到它们的人都认为写得还不坏。那既然别人认为写得还不坏，我似乎就更加有了坚持写下去的理由。以至于我写到现在，文学已经成了我生活中不可或缺之事。

　　我说不好你到底是从何时开始认可我的写作的，是从我发表的第一篇文章开始，还是从我出版的第一本书开始？不过，这不用去深究。总之，我们父子俩这辈子都算是找到了安顿自己灵魂的方式。经历过痛苦磨难的人，如果不能给自己的心灵找到一个栖息地，那么，他很可能一生都会沉浸在痛苦里，最终被痛苦给吞噬掉。

　　我怎么也想不到，你会成为我最忠实的读者，父亲。尽管你从来没有正面跟我谈过我写的文章，但我从你喜欢收藏发表有我文章的报刊的行为可以判断，你是为你儿子的写作感到欣慰的。不然，你不会用红和蓝两种笔迹在我的文章里做出标记。我虽然看不懂那些标记的具体含义，但我理解一个父亲沉默背后的东西。我猜，你一定是从我的文章里，读出了你的情感创痛和精神纹路吧，读出了身为底层人的爱恨情仇和酸甜苦辣吧。这么说来，我终于以我的文字穿透了你的沉默，以我的心抵达了你的心。

　　我每出版一本新书，都会首先送你一本。那既是一个儿子交给父亲的人生答卷，也是一个晚辈送给长辈的心灵礼物。这些书的作者虽然都是我，但父亲，只有你知道，它们其实是我俩的共同之作。正如我这辈子无论写出多少本书，其实都是在完成同一部书——一部岁月之书、一部命运之书、一部人生之书。我们彼此是彼此生命的全部，又彼此是彼此生命的轮回。我们共同抵挡寒流和狂风，又一起分享成功和喜悦。

在我因写作而获得过几次不大不小的奖项之后，父亲，你也在前不久成了一个新闻人物。全国数十家媒体相继报道了你扎根乡村，义务为村民治病的事迹后，你成了社会关注的焦点。你用你的单手撑起了一片天空，你用你的坚持守住了一个故乡，你用你的仁心赢得了社会的尊重。这一切荣誉，是否能够抚慰你那颗曾被苦难浸泡的心呢？

但你的沉默告诉我，你并没有因此而获得多大的幸福感。不但没有，我反而从你的表情里，觉察到一丝担忧。我知道你在担忧什么。这个社会就是这样的，你一旦做出了成绩，就必会遭人嫉妒。就像某个作家说的那样，在这个世界上，有残疾人，也有人的残疾。所以，才有那么些认识你的人，在背后议论你。说你之所以能够出名，都是因为有我这个"作家"儿子帮忙，我要故意炒作你、成全你。其实，你哪里需要我来成全呢？早在几十年前，你就已经被命运和苦难成全了。退一步说，即使真要拿成全说事，那也应该是你成全了我，而不是我成全了你。

凡事有因必有果，种什么因结什么果。你现在收获的这些，不过是你曾经种下的善因结出的善果罢了。别人看不清这点，你应该能看清，我也能看清，故我对别人的议论从不解释。我跟你一样，也学会了沉默。我相信，上苍知道是怎么回事，因果知道是怎么回事。那是命运回馈给你的，你配得上这份殊荣。唯愿这份殊荣不会让你掩面而泣，父亲。

与母亲的一次长谈

一

　　很长一段时间以来，我的脑海里总会时不时地跳出一个场景——一个身穿黄色碎花衣裳的女人，牵着我的手，走在深秋的田野上。那片田野很是荒凉，庄稼该收割的都收割了，剩下的，只有风和时间还在虚无中奔跑，宛若一个孤独的孩子，在疼痛和忧伤中奋力成长。秋阳从天空中斜射下来，使冰凉的大地多了一丝暖意。我们没有目的地走着，不知要到哪里去。是去一条河边挑水，还是去一个山坡牵羊，又或者仅仅是走走而已，从秋季走向冬季，从春天走向夏天。那个女人有着一张成熟且略显沧桑的面孔，尽管她还那么年轻。我们都不说话，默默前行。我的脚印叠在她的脚印上，像一个影子跟着它的主人。也不知到底走了多久，我们似乎都有些累了，天色也渐渐暗了下来。不远处的山坳里，升起了袅袅腾腾的炊烟。几只外出觅食的倦鸟，正披着晚霞归巢。我们走了整整一个下午，仿佛又回到了起点。田野依旧空旷，道路依旧漫长。那一刻，我才猛然发现，原来我们的走动其实是静止的。这一切，不过是我的记忆或幻觉，印象或梦境。

　　但所有的梦境，都是现实的投影。就像再明亮的星辰都来自夜晚，再洁白的雪花都来自天空，再高大的树木都来自大地，再漂亮的花朵都来自季节……

我说不好是不是人年龄越大，梦就越多。总之，我自从过了而立之年，几乎夜夜做梦，而且，所梦见的事情，全都跟童年有关：土墙院落，柴堆或鸡圈，夏夜的蛙鸣，涨水的河渠，屋内的煤油灯或打鸟的弹弓……然而，这一切都会围绕着一个女人展开——也就是前面我提到的那个穿着黄色碎花衣裳的女人。倘若她不出现，我的梦境就没法收尾。即使勉强收尾，整个做梦的过程，也会缺乏必要的精彩和细节。

如此说来，这个女人对我而言，实在是太重要了。她不但熟知我生命历程里每一时刻所发生的事，还洞悉我内心深处那些或隐或现的生存纹路。她与我拥有着相同的经历和心境，她是我血脉的源头和上游。只有她在我身边，我的存在才是真实和可靠的。否则，我就只是这个世界上的一个弃儿，或是一只既找不到回家的路，又看不清未来方向的迷途羔羊。

这个女人，我亲切地称呼她为"母亲"。

可直到最近，我才从她与我儿子的谈话中偷听到，在我梦见她的时候，她其实也梦到了我。我们以彼此走进彼此梦境的方式，完成了现实中的母子连心。那是在孟冬时节，窗外下起了入冬以来的第一场雪。雪花飘飘洒洒，把街道两边的树木压得弯腰驼背。电线上也结了冰，平时站在上面东张西望的鸟雀，全都销声匿迹，躲避寒冷去了，只剩下一地的洁白和干净。

母亲坐在客厅里织毛衣，边织边跟我三岁的儿子讲他父亲小时候的事情。我儿子很乖，很听话。他知道奶奶在讲他父亲，故听得专心致志。小小年纪，他就懂得窥探他人生来路的蛛丝马迹。单就这一点来说，我儿子比我强多了。我直到自己都做父亲了，才懂得去回顾和探寻自己父母的命运。母亲跟她孙子说，她昨晚梦见自己的儿子了。那时，她儿子年龄跟他一般大，好像是夜间，天下着雨，雨水把她和儿子都淋湿了。她死死地搂住儿子，像搂住自己的命运。我儿子好奇，一边听一边确认似的问："奶奶，你的儿子就是我爸爸吗？"母亲说："是啊，是你爸爸，你跟他小时候一模一样。"于是我儿子不再言语，仿佛陷入了沉思。客厅里烤火炉发出的红光，照在婆孙俩的脸上，温馨而祥和。

我坐在隔壁的书房里，正准备写一篇跟雪和冬天有关的文章。突然听到他们的谈话，心里五味杂陈，脑子里一团乱麻。手放在键盘上，却敲不出一个字来。我点燃一支烟，靠在藤椅上，静静地聆听母亲跟我儿子的谈话。瞬间，我仿佛又进入了梦境。往事纷至沓来，那么清晰，那么逼真。于是乎，借助他们的谈话，我决定将写冬天和雪的文章放在一边，先跟母亲来一次长谈，把我们母子俩今生的缘分捋一捋。

说出，也是一种孝道。

母亲，你跟你孙子提到的那座房屋，以及那些夜间的雨，我是记忆清晰的。它们宛如你留在我腹上的那块胎记一样，任凭时光如何淘洗、岁月怎样漫漶，都让人难以忘怀。在我所走过的三十几年的生命轨迹里，凡是与你有关的事，我都用心收藏着，就像你收藏在老家柜子里的那几件我幼时穿过的衣裤。从我们成为母子那天起，这种收藏就已经被老天注册，并专门颁发了"亲情收藏证书"。只是后来，我们自行把这一收藏范围扩大了，不但收藏看得见的实物，还收藏那些摸不着的东西。比如，你曾收藏过我的笑声，我曾收藏过你的眼泪；你曾收藏过我的成长，我曾收藏过你的衰老……

我知道，你跟你孙子讲的，其实并不是梦境，而是的的确确曾经发生过的事实。那些夜雨虽然流走了，但被夜雨冲刷过的房屋还在，在它那已经风化的石头墙壁上，我至今还能辨认出我当年用镰刀刻在上面的一个"戴"字。戴是你的姓氏，我已经忘了当初为何要将你的姓刻在石头上。是为了提醒我我的来路，还是为了铭记爱？自我有记忆始，我的脑子里就满是你的身影。尤其是夜间，我躺在床上，睁大眼睛看你坐在煤油灯下，不是纳鞋垫，就是织毛衣。灯光把你的影子投在墙壁上，像一张移动的剪纸。你怕我受凉，干一会儿活儿，就扭头瞅瞅我，给我拉拉被子。只有我温暖了，你才不会冷。而你手里的针线所缝补的，除了鞋垫和破衣烂衫，还有我们这个贫寒之家的生活，以及你那颗伤痕累累的心。

　　我一直在想，是不是天下所有的母亲，都是为受罪而活的。在我的记忆中，你的脸上很少有过笑容。你的笑，都被生活的苦水给淹没了。每天早晨，你都是咱们村子里第一个迎接日出的人。在太阳的照耀下，你劈柴挑水，锄地种菜，背着背篓送我去上学。入夜，你又是村子里最后一个跟星星和月亮道别的人。当其他人都已进入梦乡，唯有你还在铡猪草或洗衣服。你不愿意把更多的时间浪费在睡眠中，那样，你即使躺在床上，也会心神不宁。

　　我不知道你是否对当初嫁给父亲感到过后悔，但我敢肯定，你自从生下我后，就认命了。在你看来，你必须把儿子抚养成人，而且，还要亲眼看到儿子结婚生子。这是任何一个做母亲的人的心愿和责任，否则，她就不配做一个母亲，或至少不是一个合格的母亲。对于孩子来说，母亲永远是自己的福祉和天堂；可对于母亲来说，儿子却永远是她的困境和宿命。

　　曾听姑姑说，我小时候特别爱哭，一哭就没完没了，仿佛不哭个够，天就不会黑，夜就不会亮。每次哭，只有你能制止我。而制止的方法，便是把我搂在怀抱里不停地走动。有一天后半夜，我突然哭得撕心裂肺。恰巧那晚天降大雨，雨水稀里哗啦砸在地面，院坝里的积水能淹没脚背。你见我越哭越凶，又无处可走。只好撑把伞，把我抱在怀中，穿着雨靴在院坝里转圈。直转到黎明时分，我才安静了下来，而你的全身都湿透了。天明之时，你好不容易打了个盹，又发现我在咳嗽。一摸，我周身滚烫。你被吓傻了，父亲又不在家。你连早饭都没来得及吃，便叫上叔婆陪你背我去镇上看病。我们家离镇上有十几里路，且天下雨，山路泥泞。因心慌，你摔了两次跤，而两次我都在你背上安然无恙。后来据叔婆回忆，我那天可把你折腾惨了。她见你累得汗流浃背，主动提出由她来背一会儿我。可我偏不干，非要你一个人背。无论叔婆怎样哄骗，我就是不下你的背。那天，一去一回，我都像一块石头压在你背上，可你从未喊一声累和痛，母亲。

现在想来，一个人无论年幼年长，当他遇到困难时，唯一能让他感到安全可靠的人，或许就是母亲了。有的人事业很成功，有钱有权，可一旦遭遇困局或磨难，仍不忘回家向母亲倾诉一番，或干脆倒在母亲怀里大哭一场。唯有如此，才能稍稍让他们紊乱的心绪获得片刻宁静。也唯有母亲的怀抱，才能融化天底下最坚硬的东西。但遗憾的是，在这个世界上，恰恰是最让我们深感安全的人，我们却反而伤害她们最深。我经常目睹身边的朋友在外面对别人家的老人尊敬有加，回到家里却对自己的父母凶神恶煞。每当见到这种情况，我都会提醒自己，必须要对你好一点，母亲。如果没有你，我的生命就等于零。我一直觉得，你伛偻的脊背，一定是被我当年给压弯的。我从出生那天起，就在消耗你的生命。你的每一根白发都是对我成长的焦虑，你的每一道皱纹都是对我生存的担忧。

二

在我的梦中，还会时常出现一片麦田。五月的热风贴着地皮游走，人蹲在田里，像守候在正在加热的蒸笼旁边。但那蒸笼里蒸的，却并不是馒头，而是有关馒头的梦想。我看见母亲戴着草帽，手握生锈的镰刀，汗流浃背地努力将一茬茬麦子割倒。四野出奇的安静，只有蚂蚱弹跳的声音和麦秆倒地的声音。天空上流云飘过，几只鸟雀在麦田上空盘旋，用饥饿的眼睛俯视着麦粒和母亲苍凉的背影。太阳越来越明亮，将麦田照得一地金黄。金黄的后面，是母亲的沉默，以及沉默背后的沉重。

梦醒后，我一直在琢磨，这个梦境到底在暗示我什么呢，母亲？在我的印象中，你一生的命运都被圈定在咱们家的那几块田地里。春来播种，秋来收获。你在上面栽种过红薯、玉米，大豆和高粱，也播种过希望和曙光，可每到秋季，你收获的为何却总是泪水和失望、忧伤和孤独。那些年，我明明看到你将饱满的麦粒和稻谷用箩筐挑回家中，而家里的粮仓却又总是空空荡荡。

这一切，都是你为了还债所致。债务是爷爷欠下的。他因修建房屋，向乡信用社贷了款。后来爷爷病重，信用社的人见势不妙，担心追不回贷款，便隔三岔五上门追债。虽然当时我们已与爷爷分家，但你和父亲不愿袖手旁观，毕竟血浓于水，于是主动承担起了还债任务。

从此以后，你成了一只蜗牛，背着重重的硬壳度日。衣服破了，补补再接着穿；鞋子坏了，就打赤脚走路。一日三餐，除了单独给我煮一碗米饭，你和父亲都是就着咸菜啃红薯。你每年辛辛苦苦养的那几头猪，从来都是刚到出栏时间，就卖给屠户了。有时若遇到一个好心的屠户，见我们可怜，他会送给我们一块肉。你把那块肉挂在灶房顶上，舍不得吃。我每天放学回家帮忙烧火煮晚饭时，眼睛总是习惯性地盯着那块肉看。你大概识破了我的心思，隔一段时间，会慷慨地切下几片肉炒在青菜里，以满足我的食欲。而你和父亲却只夹青菜吃，好似对那几片肉丝毫不感兴趣。可当我懂事后，我才责怪自己曾经是多么的自私。人有所为，有所不为；饭菜有该吃的，也有不该吃的。这其中的度和分寸，足以检验一个人。但在这个世界上，唯有父母对子女的爱，是永远不需要检验的。一旦检验，必成一种伤害。

或许强势的人天生对弱势的人有种蔑视感。他们在实施蔑视和羞辱的过程中，会获得强大的优越性和自信心，仿佛他们是大象，而你不过是只蚂蚁。具体到你身上，母亲，信用社的人无疑就是大象，而你则实实在在就是那只蚂蚁。他们每回来催债都蛮横霸道，不可一世。别说开口解释和申辩，你只要头稍微抬高一点，都会被视为不尊和反抗。而且，他们催债的手段花样迭出——用竹竿掀掉房顶上的瓦，强行牵猪牵羊，将粮仓砸开抢夺粮食……

有一次，催债的人搞突然袭击，你怕他们牵走圈里那只小山羊——那是你专门留着等卖后给我交学费的，便匆忙叫我牵着羊去屋前的岩洞里躲藏。那只羊很温顺，它跟着我一路小跑进了岩洞。那是个下午，天阴着，雾蒙蒙的。我紧紧搂着羊，躺在岩洞的草堆里，敛声屏气。我的心"扑通扑通"地跳得厉害，两只手不停地抚摸羊身。我生怕羊会叫，引来灾祸。我不知道跟羊在岩洞里躲了多久，我们仿佛是一对相依为命的兄弟，我们一出生就过着穴居的生活。我们怕看见光，怕看见日出，怕看见这个白花花的世界。躲着躲着，我竟然睡着了。当我醒来，发现羊不见了。我惊慌失措，欲哭无泪。我壮着胆子跑出岩洞，却不幸看到那只可爱的山羊早已被催债人套上了绳索。我猜它一定是在我睡着时，肚子饿了，跑出去找草吃才被人逮住的。我远远地站在田坎上，看着流泪的你和哀嚎的山羊，爱莫能助。催债的人将羊牵走时，羊挣扎着不肯挪步。母亲，我看到你跟着羊追出去很远。我知道，羊是你的另一个孩子，我把你的孩子弄丢了。至今，我都还能回忆起羊回头看你时的眼神。它离别时的那一声声哀嚎，就像一根根针刺进我的心里。我知道，那是一个被人拐走的孩子，在呼唤那令它魂牵梦萦的母亲。

信用社的人每到我们家一次，我们家就会多一次千疮百孔，你的心也会碎一次，而我也会被吓得浑身发抖。我听到屋外的喧杂和哭声正在淹没我童年的欢乐，我看到我们的家正在沦陷。

　　但卑微者的生命力往往又是最顽强的。就像一株小草，无论经受怎样的岩缝挤压，它依然会向着阳光生长，去迎接属于自己的春天；就像一粒种子，无论经受怎样的贫瘠和黑暗，它总归是要冲破泥层，生根发芽并开花结果的。在经历过反复的屈辱和磨难后，母亲，你终于替爷爷还清了债务。我又看见你站立起来了。站立起来的你，虽然仍是那么瘦弱、那么疲惫，但你到底还是熬过了人生路上的严冬。

　　我需要补记几个片段，母亲。这几个片段于我来说，根本就是几起心灵事件。它在我心底尘封多年，也困扰我多年。我一直在试图寻找开启这些事件的钥匙，但几十年了，我都没有找到。但也许找到过，只是我没有勇气去打开它。我怕重现那些细节和场景，怕再次目睹那些来自命运的惊悸和惶恐。一片已经平静的水域，是不应该再起波澜的，否则，很可能就会决堤，导致情感的潮水不但淹没自己，也淹没跟这些事件有关的所有人。

　　但母亲，要是我不把这几起事件讲出来，我就不能够准确地感受你。作为你唯一的儿子，我需要找到一条通往你内心世界的道路。只有深入你的内心，我才能正视我自己。感受你的过程，也是感受我自己的过程。因此，我和你，都是这些事件的主角儿。

　　那是一个秋天的午后，说不清为什么，我就是特别地想你，以至于我坐在教室里心不在焉。老师早已看出了我的不安，但他没有戳穿我，他用善良宽恕了我的无礼。放学后，我急匆匆赶回家，渴望一头钻进你的怀抱。你知道，我是个懦弱的孩子。但你不在家，父亲说，你上午就出去了。至于到哪去，去干什么，他没说，只是他那焦急的表情告诉我，他也在等待你回家。我放下书包，满坡去找你。我沿着你曾经干活时走过的足迹，边找边喊。可我听到的，只有我的回声。整个坡地，也只有夕辉和空寂。我发誓一定要找到你，我从这个坡找到那个坡，仍不见你的身影。在那个下午，我经受了前所未有的恐惧，我犹如从过去走向了未来，又从未来返回到现在。直到天快黑尽了，我都不愿回家。要不是担心父亲，我肯定会在坡上坐待天明的。那天晚上，我和父亲都彻夜难眠。直到翌日黎明，我们才终于听见你回家的脚步声。你的头发挂满了深秋的露水，眼睛充血，好像哭过，又似乎没哭。我和父亲都没有问你昨夜去哪里了，只是从你肩上挎着的那包旧衣服，我大约猜到了你的隐秘心思。但我不能道破，命运是需要承受的。况且，有些事，我们心里知道就行，你说呢，母亲？

　　有一年除夕，整个村子上空都飘着肉香味，只有我们家冷锅冷灶。父亲蹲在院坝边的条石上，抽旱烟。我端张板凳，坐在屋檐下，望着远处发呆。炊烟从别人家的烟囱里冒出来，从山这边飘向那边。随着炊烟移动的，是我们平时所忽略掉的一些东西。但在那个傍晚，这些东西全都一一呈现，提示着我们家的贫困和尴尬。我们是被节日所抛弃的人，我们活在欢乐和幸福之外。就在我和父亲一筹莫展之时，是你，母亲，解下身上的布围裙，朝村头走去。我看见暮色正在淹没你的背影。我们都不知道你去村头干什么，不知是躲避除夕的到来，还是逃避生活的苦楚。直到村里有的人家在放鞭炮接灶神爷了，才看见你满面春风地回来——你的手里提着一小块猪肉。那晚，我们是全村年夜饭吃得最晚却是吃得最香的人家。可后来某一天，当我知道你是以下跪的方式，向别人借来一小块肉时，母亲，我才理解我的每一次幸福，都是你用血泪和尊严换来的。

　　又一年夏季的一天，你背着背篓出去割草，边走边哭，泪水混着汗水朝下流。我正在屋里做暑假作业，听到你在哭，便再也没有心情计算那些枯燥的数学题。于是，我合上书本，跟着你走。你走一步，我跟一步。我从来没有见你如此伤心过，我不清楚你为何哭泣。也许，是被命运挤压到极限时的一次泄洪；是委屈长久得不到理解后的一次爆发；是希望被孤寂击败后的一次绝望……总之，我从你的哭声里，感到某种深深的不安。你那天大概是下定决心要干点什么，才径直朝村前的河边走去。我似乎窥破了你的计谋，并试图阻止你的行为。你走几步，又回头看看我。步子时快时慢，以为这样就可以摆脱我。谁知，我却像你的影子那样寸步不离你左右。待走到一片竹林时，恰好有一只笋子虫飞来，你伸手便抓住了它。那是我最喜欢的一种虫子，若将其放在灶间烧熟了吃，味道极为鲜美。你将虫子递给我，说："回去吧，乖孩子，听话。"说完，还用手摸摸我的头。你这一摸，竟使我泪如雨下。瞬间，我转身死死地抱住你，说什么都不松手。那个下午，我们就这样相守到黄昏时分才回家。虽然，你肩上的背篓什么都没有装回，但我却装回了一个完整的母亲。

如今，隔着时间的壕沟，回首这些往事，我的心依旧难以平复。这些烙着家族密码的事件，曾是那么深刻地影响过我的人生观的形成。我在这些事件的熏染下，过早地理解了命运的本质，也过早地变得成熟。只是不知道，我的成熟是否也是你命运的一部分呢，母亲？

三

窗外的雪花仍在飘飞，有那么几片，还飘到了母亲的头发上。我知道，母亲的心里一直住着一片雪，经年不化。儿子一边听奶奶讲往事，一边看动画片。小孩子总是难于长久地将精力集中在一件事情上。不过，我儿子生性敏锐，别看他表面上恍兮惚兮，耳朵却绝对没有遗漏掉他奶奶讲述的任何一个节点。我听见母亲讲到一条狗，儿子立马问："奶奶，什么狗？"母亲欲言又止。想必，那一定是触碰到了你内心最为柔软的东西。那么，还是让我来代替你讲吧，母亲。

那是一条小黄狗，是你从外面捡回来的。你那天上坡挖土豆，在路边的草丛里见这只被人遗弃的狗，便将它放在筐里带了回来。自此，这条狗成了我们家的新成员。在你的精心饲养下，狗很快长大了。长大了的狗对你特别亲，你上坡干活，它就蹲在田边晒太阳。你去赶集，它去送你；你赶集回来，它又跑来迎接你。从某种意义上说，我不在你身边的日子，多亏了那条狗陪你打发落寞的时光。我属狗，难怪你总是说，看到小黄狗，就像看到了我。这条狗已经在我们家生活十多年了，我相信它跟我一样是懂你的。

　　除了我们，懂你的人，应该还有你先后领养过的两个妹妹。第一个妹妹只比我小两岁，她在姐姐出嫁两年后来到我们家，第二个妹妹则在我大学毕业后才来到。当你将大妹带回家那年，你刚刚还清爷爷欠下的债务。村里人都骂你傻，搬起石头砸自己的脚，嘲笑你会倒霉、贫穷一辈子。可你不管这些，你做事从来只遵从自己的良心。就像你替爷爷还债时，村里人嘲笑你傻那样。但实事是，在别人的嘲笑声中，你依然偿还了债务。记得你曾告诫过我，做人就得清清白白、堂堂正正。

　　大妹的到来，的确曾几度使我们家陷入困境。这其中的辛酸，只有你清楚。当然，我和大妹也清楚。故大妹曾多次给我说起，她最对不住的人是你，如果不是你，她可能早就不在人世了。大妹是懂得感恩的妹妹，而你是天下最慈悲的母亲。你曾无数次对我说，一定要对大妹好，领养的妹妹也是亲妹妹。从小到大，只要你给我买一件衣服，也必然会给妹妹买一件衣服。即使买一个烧饼，也必然会分成两半。

　　也许正是大妹体会到了你的无私之爱，想早点报答你，她才在刚满17岁后不久的一天夜里，偷偷地跑去闯社会了。大妹走后，你悲痛欲绝，埋怨自己没照看好她。那以后的日子，你仿佛掉进了深渊。有好几次，你被噩梦惊醒，大喊大妹的名字。你说你梦见大妹在外面遭人欺负，哭着喊娘。但是她找不到回家的路。你曾四处托人打听大妹的去向，可人海茫茫，何处去寻找呢？好在多年后，你终于接到大妹写来的信，知道她在外面平安无事，心里悬着的石头才算落地。

　　现如今，每年春节，大妹都会千里迢迢赶回来看望你，给你买吃的，买穿的，陪你聊天谈心事，可把曾经嘲笑过你的那些村里人羡慕得不行。他们都夸你好人有好报，可你对别人的评价不置可否。你已经习惯了沉默。他们讥讽你时，你沉默；他们褒奖你时，你也沉默。沉默是你对这个世界最好的发言。

　　第二个妹妹只在我们家待了四年。她两岁时来，六岁时离开。可这短短的四年时间，却使你们之间的感情胜过四十年。她一直喊你"妈妈"，那一声甜甜的叫喊，能把钢铁熔化。小妹天生体质羸弱，经常生病。不知多少次，你为她在镇医院与县医院之间奔波。又不知多少回，你把她搂在怀里，从黎明搂到黄昏，从秋天搂到春天。

　　及至小妹该上幼儿园的年龄，受条件所限，你只能供她在乡村学校上学。学校坐落在村子下面的河岸边，与我们家隔着几公里山路。每天早晨，都是你亲自背着小妹去上学；下午，又匆忙赶去学校背她回家。无论农忙农闲、寒冬酷暑，从未间断。你说，既然小妹跟咱们家有缘，就得把她当人看，不能做对不起小妹的事。你的行为不但感动了学校的老师，也感动了全村的男女老少。方圆几个村子的人，都知道你和小妹的故事。他们用口碑给你送了一面锦旗，锦旗上写着四个字：舐犊情深。

　　小妹离开我们家时，母亲，我看见你的天空塌了。你曾经受住了苦难对你的折磨，也曾抵抗住了命运对你的摧残，但为何却承受不住一次亲情的离别呢？那天清晨，你早早地起床，为小妹做了一顿丰盛的早餐。饭后，你又像往常一样替小妹梳妆打扮。梳妆时，你的眼泪忍不住落在小妹的脸上。机灵的小妹似乎觉察到事情不妙，竟"扑通"一声跪在你面前，哭着央求道："妈妈，你为什么不要我了啊？求求你不要赶我走，打死我都不走……"那一刻，母亲，你的情感防线彻底崩溃了。你们母女俩紧紧抱在一起，哭得昏天黑地。

但哭过之后，你到底还是清醒了。你毕竟是帮人家养孩子，小妹的亲生母亲随时可以将她领走。梳妆完毕，你问小妹："幺女儿，你还想去哪里玩儿？妈妈陪你。"可小妹说："我哪里都不去，我就待在妈妈怀里。"你一听，眼泪又来了。那天上午，你什么农活儿都没干，就那样搂着小妹，坐在时间和情感的深处，把自己坐成了一尊雕塑。

小妹走后，你迅速苍老了许多，母亲。你总是在以你的生命替他人的幸福投放赌注。我和两个妹妹，以及你捡回的那条小黄狗，都是你生命赌注的受益者。

我们所亏欠你的，是一笔永远都无法偿还的债。

四

我曾看过一则公益广告，内容是三代人的对话。一个儿子对他母亲说："妈妈，等我长大了，你就享福了。"母亲点点头，露出了微笑。可几十年过去，当年的儿子早已长大成人，并已娶妻生子。但母亲的幸福却迟迟没有到来。这时，画面切换，当年的母亲如今已是白发苍苍，说话的人换成了孙子："奶奶，等我长大了，你就享福了。"奶奶点点头，依然露出了微笑。

说实话，当我看到这里时，我哭了。仔细想想，我们活在人世，到底有几次许诺，尤其对亲人的许诺是兑了现的。很多时候，这些许诺不过都是些空头支票。我们总是能找出一大堆理由来搪塞父母，企图掩盖自己不孝的事实。我们总是有太多的工作要忙，有无数重要或不重要的人要见，有崇高的理想要去实现，有远大的目标要去奋斗……总而言之，我们就是挤不出时间回一趟家，去关心一下父母的生活。为他们捶捶背、揉揉肩，陪他们说说话，看看他们额上的皱纹和伛偻的脊背，瞧瞧他们双鬓的白发和手上的老茧。倒是做父母的，从来没有给子女任何承诺，却甘愿做牛做马，为我们包括我们的下一代奉献终生。只要他们活一天，就会操心一天。

倘若我们总是将父母的付出当作理所应当，认为是他们应尽的责任和义务，而我们自己却不能从他们的责任和义务里领悟到爱的真谛，并把这种爱反哺到他们身上，尽到我们该尽的义务和责任，那我们就是有罪的人。

爱既可使人变得善良悲悯，也可使人变得冷酷无情；既可使人走向天堂，也可使人滑向地狱。

还是说你吧，母亲。你以牺牲自身幸福为代价将我拉扯成人，照理，你早已完成了你的使命和责任，现在应该由我来使你度过一个愉快舒适的晚年。但我非但没能力做到，反而还要让你来继续替我的下一代劳神。难道，你活着注定是要来承担一个家族的疼痛和重量的吗？倘当真如此，那你养育我们到底是为了什么？是证明活着的伟大，还是苦痛的永无止境？

每到夜深人静的时候，我只要看到你移动着老迈的身躯，替你孙子冲兑奶粉，或把屎把尿时，我的心就会疼。我仿佛又看到了你曾经照顾我时的情形，那些黑夜里的秘密，以及被时光所伤害的事物。到后来，当我意识到实在不该再让你来替我受罪，应让我自己来尽自己的责任时，我却发现你的孙子已经离不开你了，而你也不再可能离开你的孙子。这个小家伙，已经代替了我在你心中的位置。你只要一刻见不到他，心里就会发慌；而他若片刻见不到你，也会哭天抢地。你们几乎迈过了我，而生长出了另一条血脉之藤。

于是乎，我好似看到了一种轮回。大多数人都是通过后代来证明自己的存在，而不是通过前辈来证明自己的活着。就像人都喜欢朝前看，不喜欢朝后看。因此，才有那么多的人只对自己的儿女疼爱有加，却独独对自己的父辈不管不顾。

可是，要是没有父辈，又哪来的我辈呢？

我想，一个心理健全的人，一个有爱和悲悯的人，或者干脆说，只要你是一个人，当你在疼爱自己孩子的同时，就必然要联想到自己的父母，并像疼爱自己的孩子那样疼爱他们。唯其如此，这个社会才可能是健全的，人性才可能朝着美好的方向发展。

这么一想，我似乎又明白了。母亲，你爱你孙子，其实也是在爱我。你孙子离不开你，其实也是我离不开你。你之所以要当着我的面替我照看孩子，莫不是你要让我记住你当年是怎样照顾我的吧？我的确需要好好补上这一课。我要把从你那里学来的东西，将来好好地用在你的身上。我不会让我的许诺放空的，我不想成为一个有罪的人，母亲。

我今生能成为你的儿子，不知道是哪辈子修来的福分。我一定要好好珍惜这一福分，像你珍惜我那样珍惜你。等到将来某一天，你老得连路都走不动了，我也会像你当年背着我那样来背你。我也许没有能力背着你去环游世界，但至少可以背着你去草坪晒晒太阳，去河边看看游鱼，去公园赏赏荷花，去老家听听雨打青瓦的声音……要是冬天，我还会给你生一盆火，放在脚边取暖。然后，我会像小时候那样，依偎在你身旁，听你给我讲讲你没有给你孙子讲出来的那部分命运。

那部分命运，我会用自己余下的所有时光来聆听，母亲。